陳慧劍著

水晶夜

三民書局印行

中華民國五十八年十二月初版

水晶夜

特價新臺幣貳拾伍元

著作者　陳慧劍
出版者　三民書局有限公司
發行所　三民書局有限公司
臺北市重慶南路一段七十七號
印刷所　正文印刷公司
臺北市西園路一段二一二巷三一號

內政部出版登記證內版臺業字第六六〇號

三民文庫編刊序言

書是知識的滙集，知識是人人必備的，因而書是人人必讀的；我們出版界的責任，就是要提供好書，供應廣大的需要。不但在內容上要提高書的水準，同時在價格上也要適合一般的購買力，至於外觀求其精美，當然更是印刷進步的今日應該做得到的。

知識是多方面的，社會科學、自然科學的知識，文學、藝術、哲學，歷史的知識，莫不為人所必需，推而至於山川人物的記載，個人經歷的回憶，也都包括在知識的範圍以內；這樣廣博知識的滙集，就是我們所要出版的三民文庫陸續提供的讀物。

在歐美日本等國，這種文庫形式的出版物，有悠久的歷史及豐富的收穫，人人愛讀，家家傳誦，極為我們所欣羨。近年來我國的出版界，在這方面亦已有良好的開始；我們願意站在共求文化進步的立場並肩努力，貢獻我們微薄的力量，參加栽種的行列。我們希望得到作家的支持，讀者的愛護，同業的協作。

中華民國五十五年雙十節

三民書局編輯委員會謹識

關於「水晶夜」

雲母屛風燭影深，長河漸落曉星沉；嫦娥應悔偷靈藥，碧海青天夜夜心！——李商隱

以一支拙劣的筆，寫剔透玲瓏的心，在文學的途中，我懊惱多於歡欣，悲哀多於慰藉。文學旣是一份「靈藥」，而我的創作心情，剛好是月宮仙子，誤入廣寒。在那些天荒地老蒼涼之夜，偶然閃爍在我心極上的靈光，引導我走進那座化腐朽爲神奇的魔宮，那便是我的「雅典娜」覆我的瓊漿玉液。

在那水晶色的子夜。……

陳慧劍　一九六九年十二月八日

目錄

徐州單餅

我在徐州住過幾年，徐州吃的，趕不上江南細緻、精巧。徐州的鍋魁、鍋貼、厚餅、單餅什麼的，同江南一比，簡直是粗線條的。

徐州人穿的，一年到頭愛的是黑衫褲；吃的，大家小戶整天價咬單餅。我也染上了「單餅癮」，一天桌上沒單餅，嘴裏像掉了舌頭，空空的。

單餅吃起來，很有勁。有時要甩下子頭，才咬斷一截。到嘴裏磨幾圈，伸伸頸子，才嚥下肚。單餅小的直徑有尺把，大的有兩尺，單餅大小，全看「鑼底鍋」的尺寸。

徐州女人弄單餅，眞有一手。一個擀，一個烙。單餅用的是死麵，弄餅的，把一盆麵加水，揉勻，分成許多「記子」，那記子剛好就是一張餅的麵。麵在手裏，揉揉搓搓，便用軸子三翻兩擀，刷地便成一張薄得似紙的餅。烙的人，用根竹篾子，挑起生餅，向鍋上一搭，眼也不瞄，一個大翻身，起鼓，再用竹篾子挑起來，往高粱稭綴起來的鍋蓋上一扔，一塊塊，好端端地，叠成一大叠，一盆麵烙完，鍋蓋上是尺把高，百十塊單餅。只有會裁紙的伙計，才有那工夫，弄得那麼整齊。

城裏人，生意人，吃單餅捲肉、捲燒鷄、捲臘腸，就胡椒辣湯，各吃各的；鄉下人，趕集的，爲省事，捲大葱、抹辣椒、夾蒜瓣子、吃粥。趕遠路的鹽揹子，驢馱販，出門弄不準日子，便帶一口袋單餅，好歹不會壞，不管早晚住店，路上打飢荒，抽出兩張單餅，捲一把大葱，稀里呼拉，弓弓頦子，舒舒腰，這頓飯算完；乾淨、俐落。

現在，離徐州久了，想起單餅，常感覺嘴裏少把勁，自己也曾動手試過，揉塊麵，擀兩塊單餅，可是不成，徐州娘兒們那一套，學不來，那是「傳」的。我擀的單餅，烙起來，像一座山，鍋裏一冒烟，就釘住啦。

我常常想：臺北街頭，什麼吃的都有賣，爲啥沒人想起徐州單餅？徐州單餅也誘惑人啊！每逢我牙癢癢，想到徐州單餅，忍不住也要想起徐州人，一羣黑衫褲，氈帽下，蓋着那股剛烈、堅韌的「野勁」！

五十年九月十日

碭山梨

徐屬八縣，趕夏的瓜果，紅黃白黑、青紫藍靛，各顏各色，應有盡有，活像開「瓜展會」；大街上，車推肩擔，任你揀，不甜的不要，賤死人。

秋分一過，趕夏的撤退，跟着上市的，青一色，是梨的天下。梨，有脆皮酥、雪花甜、大俄梨。大俄梨，想是俄國種，個兒大、皮厚、肉粗、帶酸尾，難吃，只有老年人，把它煨在火裏燒，當饝吃。碭山梨，不知是梨中的那一系，比它們都香、脆、甜；它是梨中的王子，梨族的尖兒，頂兒。

碭山梨，中個兒，比漢子的拳頭大些，白生生地，嫩得像姐們臉，敷一層薄薄的粉，外帶幾顆淡淡的痲雀斑兒。吃起來，甭剝皮，清脆，鮮甜，你只管嚼，香噴噴的，全是水，直到你吃到子兒，扔下梗，不准你吐出丁點渣兒。一隻碭山梨下肚，包管你甜在嘴裏、涼在心，根根毛孔，都有起飛的意思。

碭山梨，出碭山鄉裏。春盡，梨花開，大梨園，三五十頃；小梨園，也有三五十棵。滿山遍野，一片白；蝶兒，蜂兒，密麻麻地，穿插在雪浪裏，標緻的女人，如走梨園過，滿頭滿臉，準會招些蜂兒，這些小士兵，弄錯啦，究竟誰是女人，誰是花呀？

種梨人，待梨花一落，梨出疙瘩兒，爲防野物糟蹋，都在梨園裏，搭間茅草棚，夜晚，帶一根土炮筒子，門外燃着火繩，防賊。

梨大些了，更嬌嫩，梨戶兒得一個個把它們包起來，防蟲、防太陽、防風雨。早梨，七月初就上市，晚的，可吃到霜降。越是晚的越香甜，越拉水，沒渣兒。

碭山梨，只碭山風水養它。出境，截它枝子傳種，也不行。碭山梨，到上海去，眞貨沒有膺貨多，像雪花甜，就酷似它幾分，但吃起來，很差勁。

來臺灣，跑遍半個島，連個梨影子都沒有見過。閒時，翻孩子們書，看到梨的畫，畫得不像蘋果，也不像梨，不過，說它是梨，也算過過「梨癮」了。

五十年九月十八日

泗陽酒

國內名酒，貴州茅台、山西汾酒、山東蘭陵、紹興老酒，都有盛譽。惟故鄉蘇北「泗陽酒」，甚少名世。

泗陽酒，在上海掛牌，又叫「洋河酒」。洋河，是泗陽西陲一個鄉鎮。洋河酒，以「廣泉泰」槽坊出的最著名。據說廣泉泰後面有個製酒的水池，水質奇特，釀起酒來，味道特別，同別人家不一樣。又傳，廣泉泰在若干年前，出過「勝酒」。出勝酒那天，酒麯上甑子之後，從第一滴酒開始淌下來，一直淌到第二天天亮，直淌得他家所有的酒缸、酒甕、酒罎、酒瓶，裝得沒處裝；淌得一槽坊滿坑滿谷，結果被一個女人一語道破，她說道這是出「仙酒」，酒源便霍地止住。從那時起，廣泉泰的酒，便傳遍一方。

其實，故鄉泗陽，除洋河有廣泉泰等多家槽坊出酒，而且境內每個小鄉鎮，都有大小槽坊。酒鬼子，走進槽坊，只要不帶着走，喝到醉死，也不要錢，也沒人管。

故鄉酒，煮酒原料，主要是高粱。酒的品類，沒有現在樣範多。那時只有「泡子酒」（大酒）、「花酒」（小酒）兩種，都是無色。泡子酒，有三分水、四分水、五分水，最好的到七分水。所謂七分水，就是一兩酒可摻七分水，依然醇不改味。泡子酒摻水後，就是「花酒」。泡子酒味道：香、甜、剛、辣，就連一滴酒不能沾的小女人，一走近槽坊里把路以內，也會被酒香吸住，酒鬼更別提了。趕集時，只要打槽坊週圍過，天塌下來也甭管，便栽進去，灌一肚子，醉得睡到天黑，才拖着酸軟的身子，摸夜路回家。

在昇平年代，故鄉家家都儲着成罎的酒，槽坊裏則儲着多少年的陳酒。陳酒又叫「陰酒」，十年以上的「陰酒」，用筷子挑起來掛涎，味奇香，聞起來恨不得鼻子能伸到缸底，把一缸酒吸乾。

記得八歲時，我在太平莊小學三年級上學，週末回家，跟牽驢的小廝走過槽坊門口，那股酒香，實在難忍，我便同小廝商量，進去喝口酒。走近櫃台，掌櫃的不開口，便遞上一盅酒，我一口吞了。「是泡子。」掌櫃的笑笑。我一連要八盅，等我回頭走過槽坊門塹子，晚了，我一頭栽下來；牽驢的把我抱上驢背，在驢背上，搖搖晃晃一直睡到家，還沒醒。

故鄉三歲孩子都會喝酒，我家大大小小、男男女女沒一個不會喝的。要喝還要「泡子」，花酒不過癮。論「泡子酒」，吃起來，看起來，聞起來，想起來，都「香、甜、剛、辣」，够勁。

故鄉酒到上海，花酒比泡子酒多，而且上海人沒幾個能捱得住「泡子」沖的。

五十年九月二十一日

長沙茶

我當兵在長沙，長沙姐兒——堂客，愛特務長；我又是特務長。在長沙，我住過椰梨市、斗嶺上、白水站。捱天晚，串門子蹓躂，享受過不少次長沙堂客拌的茶。

長沙茶，不似杭州龍井，安徽紅茶，泡出來讓你品；長沙茶，泡在細磁碗裏，加雜拌兒，讓你喝去。

長沙的窮家兒，待客，泡茶，只加點鹽巴，別的沒啥加的。好點的戶兒，加薑片，加炒鹽豆兒；大戶的，加油、加糖、加芝蔴研兒。

我初吃長沙堂客親手拌的茶，剛上口，喉裏只犯嘔，酸甜苦辣鹹，不知一股什麼雜毛味兒。

說不吃吧，瞧不起人兒，那就只好揑着鼻子吞啦。留下的茶葉根要扔，剛出手，伴兒把我手一按：「吞下去」！「茶葉還興吞嗎」？「嗯」。我瞅瞅伴兒，瞅瞅捧茶的嫩手兒；也只有嚼大葱似地囫圇吞了。這是長沙的「風」哪。就這麼回事兒，串這麼幾趟門子，茶癮就染上啦。這種油鹽糖薑拌的茶，越吃癮越大，像臺灣人吃檳榔，每搬個地方，就得找個供養的茶家。

有一次，在白水站鄉下，我同伙伕住在山邊一座小房子裏，連部住山脚下，挨連部有個姐兒，天天看我上上下下，老釘我瞅瞅兒。有一天，我出差回來，口乾，問她要杯茶，她就瞇覷眼兒，甜蜜蜜地拌杯我從沒嘗過的「葷」茶，哦，吃起來眞叫我想她，是那麼甜津津，油晃晃，辣絲絲，混淘淘的。

後來，每天清早，那不知名的姐兒，按時就捧碗她拌的茶，不知她手兒香，還是茶兒濃，無風無雨，不管地滑，她一直端月把，讓我當點心兒保養。

她清早上門時，先叫一聲：「阿累（蜜語）！茶來嘍！」伙頭軍們瞧姐兒來了，一個個眼珠子伸有尺把遠，再朝我窗口咂咂舌頭，那姐兒忍不住，把茶一放，一溜風走啦。

天有不測風雲，有天夜裏，這姐兒忽地得了「絞腸痧」抽筋死啦。她這一死，我的魂也失啦，不知是戀姐兒，還是戀茶。

「人間無不散的筵席」，這個打擊，給我太大。因此我要求上頭讓我換個地方。

二十年來，每當我捧起茶，想到那不知名的「多情湘女」，一雙葱白兒似的手，粉嫩的圓臉，大眼睛，長頭髮，……不禁泫然淚下。

符離集燒鷄

燒鷄兒！燒鷄兒也——

符離集！符離集燒鷄兒也！一塊銀洋一隻兒也——

——當火車拖拉着沉醉在睡鄉的爺們，由津浦路北上，過了南宿州，火車頭兒哭吃吃，那麼一蹭蹬，後邊的車廂兒，跟着呼呼啦啦都停擺兒了。車廂兒外，篩進來暗紅色的路燈光芒，「符離集到——」。於是招呼行車的司事們，照例來這麼一聲官調，擁在寒風中月台上的窮家兒女們，對着微張倦眼的黑色車廂，向您遞過來一隻醉黃色，噴鼻兒香，蠱人兒相的「符離集燒鷄」，您該知道：符離集到了！這兒離徐州是一百二十里，而此時正是譙樓鼓打四更。

也像南京板鴨、鎮江餚、寶應鹹鴨蛋、界首乾兒、徐州牛肉湯一樣，符離集燒鷄，是我們北地草原小兒女手兒上的一絕。過了符離集，您買不到符離集燒鷄；不到符離集，您吃不到符離集燒鷄；土生土長的人們，不作興僞造符離集燒鷄；符離集的燒鷄，不似今兒個臺北街頭電烤箱烤出來的，一股雜毛子味兒的電烤鷄；符離集的燒鷄，是一張大荷葉，包着一肚子花椒、胡鹽、麻油、甜油、葱、五香粉兒的老母鷄，鷄身上，塗着一層薄油泥，放在火兒上燻烤；妞兒們要心兒細，性兒溫柔，別焦躁；一桿鐵火叉，叉這麼三隻鷄；把油泥燒成紅火炭，擁抱着那隻「襁褓」裏的鷄；火候不到鷄太嫩；過了火候鷄味太老；只有時間剛湊巧，剝了鷄身上那層大紅袍，身上露出黃馬褂，這才是正統的符離集燒鷄。也許是符離集的妞兒們手兒嫩，心眼兒巧；符離集的燒鷄，色、香、味，……千面俱到；您吃起符離集的燒鷄，眞想不到草原世界是這樣美好！

夜深人靜，北地荒原，符離集燒鷄爲您一掃旅途的塵勞，一隻符離集燒鷄在手，細品慢嚥，一如您回味故鄉的人情。

五十六年十三月五日

鹽販子

淮河北，蘇皖的鄉下人，趕冬的玩意兒，是販鹽。我們那兒管這些車子推的，驢馱的，脊樑揹的，起五更，睡半夜，一股子牛勁，上上下下，在淮北道上的老鄉，叫鹽販子。霜降過後，糧食進倉；鄉裏人沒事兒做，登在家裏是吃，趕在路上也是吃；就不如弄兩個錢，下「鹽山」去販鹽。

鹽販子的生活，不是登在家裏，偎在爐子邊，磕瓜子兒，剝花生的城裏少爺、奶奶知得道的！販鹽的，也不一準，都是家裏窮，想賺幾個錢，好打發荒春。有些小伙子，愛玩，借個販鹽的名兒，在鹽道上，跑這麼三兩趟，目的在遊山玩水，看那裏妞兒漂亮，那裏出美人兒。販鹽的，從皖北的戈陽、蒙城、靈璧、泗州；到蘇北的豐沛蕭碭，睢宿邳銅，扯起來半邊天的鹽車子、鹽揹子、驢馱販；趕中秋一過，就打點打點，備月把乾糧，把家裏門一鎖，便趕着驢兒，推着車子，帶着口袋，起早睡晚，喜喜歡歡地，走那裏看那裏，一路上又聊又唱，逍逍遙遙地，到了近海的鹽山，「東溝、益寧」。等鹽過了磅，裝上口袋，算是吞了定心丸；慢慢的推，慢慢兒揹，慢慢地趕驢兒；沿路上邊賣鹽，帶捎些家裏買不着的年貨，帶回家過年。

那些推鹽的漢子，也眞壯。膂力大的，七八百斤推着玩，次點兒也推三四百斤。上起路來，這些「鷄公車」的後頭，塵土飛揚，推鹽的，一個個光著頭，打着赤膊，你別看他頭上汗珠子，您就看那些小腿肚子，橫一條豎一條爆着青筋，左一個，右一個鼓些「肉栗子」！好像這些傢伙，山都挨不了他三下子，就推下海似的。

還有驢馱販，就似乎高了一層。一個人趕幾十頭牲口，他自己横坐在末尾一頭驢背上，肩上搭着鞭子，嘴裏刁着烟，碰他高興，看前頭牲口慢了些，他就會炸他一鞭子「響」的，那神氣兒，就是「天高皇帝遠，驢背上惟我獨尊」！這些人口味兒，也眞嚇人，一販就是上萬斤。就憑他這一槽牲口，驢、騾、馬、馬駒兒，住店要店錢，餵料要料錢，這樣三五個主兒住店，一進門，先把店小二嚇昏，可是把店老闆樂死！

鹽揹子，走起來，不是一個一個，而是一班、一排、一連的。您老遠看，那些人身上揹的盡是「烟囱子」！這些布烟囱子裏，裝的便是鹽。會揹的，他揹個整口袋，三二百斤，小孩子，也能揹個百來斤。他們這一羣，有攜家帶眷的，一家子全揹。他們歇下來，靠牆的靠牆；放「木撐子」的放木撐子，但是不能坐，坐就得翻身。他們沿路歇歇走走，走走歇歇，揹到那裏，吃到那裏，別以爲他們靠鹽吃飯，那是哄人。他們揹鹽，就像時人遊阿里山，那是冬季旅行！

五十年十一月十一日

故鄉的瓜市

故鄉的瓜市，說起來就值得人驕傲。蘇北，老黃河灘兩岸，青沙地上，趕夏天，全是青艷艷地，一畦畦、一隴隴、成阡成陌，叫人看了心裏舒服的瓜田。

小瓜園，佔三五分，到三五畝；園心裏，搭個瓜棚，閒人過路，口渴摘瓜，不掏錢。大瓜園，一眼望不到邊，兩頭打個響雷，也聽不見，地兩端，一端蓋個瓜棚子，防牲口，防野孩子是假，爲的是服侍瓜兒長大；只要瓜兒大，你踏進瓜園，不糟蹋他的瓜，脹死人不償命，管你脹到多晚！

西瓜，故鄉人叫做「大瓜」。大瓜的顏色可多，有黑皮的，黑斑爛的；青皮的，青斑爛的；黃皮的，黃斑爛的；白皮的，白斑爛的……論瓤兒，有黃沙瓤，紅沙瓤，白沙瓤，細沙瓤……論種兒，有大子兒瓜，小子兒瓜，三白瓜，薄皮兒瓜，除了這些，還有瓜外瓜——「子瓜」！這些瓜兒，個小的，沒準，個兒大的，可眞大，我們鄉下人趕集，晚上酒醉飯飽，一根扁擔，兩隻筐，一頭挑個孩子，一頭帶個大西瓜，趕着月亮，一路咿咿呀呀哼回家。

那些大的瓜，上老秤，一秤就是八九十斤，買回去擔子沒法挑，得用車子推，回家把它滾進大水缸，要泡到夜，才透心涼哪！

說甜瓜吧，也就是故鄉人說的小瓜，形形色色，可就數不盡囉，黃金贅呀，太陽紅呀，奶奶哼呀，冰糖罐兒呀，脆皮酥呀……唸起來美，吃起來更甜，各有各的味兒，因此，你不能說你吃過黃金贅，就不想太陽紅了！

故鄉的大瓜、小瓜上市，滿坑滿谷滿屋的瓜車子、瓜挑子、瓜簍子，排在集上，羣瓜爭艷，一個子兒一斤，不怕人吃不起，不甜的不拿錢！

你要坐一隻小飛機，俯衝着看瓜市，你準猜想，這兒除了瓜瓜瓜，五顏六色的瓜，站的是瓜，睡的是瓜，滾着的也是瓜，還有啥？

故鄉的瓜市，從街頭到路尾，從初伏到白露，全是瓜的歲月，瓜的天下。

每當吃瓜時，想到故鄉的瓜園、瓜市，讓瓜撐壞肚子的兒時，整天在瓜園裏野，瓜車子上玩，回家在水缸裏撈瓜，月夜爺兒們剖瓜下酒，那種日子，幾時有呢？

五十一年七月二十七日

大餅春秋

昔年，山東他二大爺——今天，是臺北街頭，推破單車，揹着個熱簍兒，慢慢兒蹬着車子，嘴裏唱着——「大餅嘍——山東大餅也——」的窮朋友；他們賣的大餅，比起他們往年故鄉集上的大餅，眞是白頭宮女，往事不堪回首。

臺北街頭的大餅，只是落個「大餅」的美名，比起它們的先人——山東的「山東大餅」，已是英雄末路。雖然，孩子們對這兒的山東大餅，依然是一見如故的愛，他們成羣結隊，追着破單車，直叫「賣大餅的也——我買大餅也——」；說眞話，「臺灣的山東小子」，誰見過眞正的山東大餅呢？

如果，我們蹲在地上，沿着一圈兒，劃個地牢，那山東的「山東大餅」，就是這麼大的個個兒。談到大餅，你不由得不對山東的姐兒、娘兒們，暗裏叫一聲「行」；她們烙大餅的火候，恐怕這兒的山東大爺，是叉不上把兒了。

山東的大餅，說起來可眞大了。如果你是異鄉人，你只看鄉下妞兒，帶上集，切成西瓜桠兒，一刀斬不透的厚，你弄不準山東大餅的樣範。山東的賣餅戶兒，不像臺灣的山東大爺，把他們的大餅縮成個「柿餅」，落魄得像山東大爺，叫二十出頭的小子們吃起來，頂不上兩口，便沒了轍兒。

山東的娘兒們烙餅，使的是平底鍋，起的是君子火，二尺二寸口面的鍋，只呑一塊餅，麵是鍋裏揉的，餅是鍋裏按的；一塊餅，從生麵下鍋，到起臌出鍋，只挑一個身，起起鍋來，斗口大，一揸厚，滿肚子蜂窩；熱氣氤氳，香噴三里，又白又嫩，活似八月中秋一輪上升的大圓月。妞兒們趕集，按斤論兩稱，零批整躉，一個晌午，能賣五塊大餅，也就够一家人搞伙的了。而吃餅的客商，爲了方便，弄兩棵大葱，撕開大餅，往裏一夾，外加一碗牛肉湯，兩盅泡子酒，吃得又香又饞，這一天的歲月，比起宣統皇帝，也差不離了。

在這兒，我們紙上畫餅，充不了飢；而今天，我們又吃不到那種土生土長的山東大餅；這兒的山東大餅，塡肚子有餘，比起它的祖先，論風度、「胸襟」，則是太寒傖、太渺小了。而且吃起來，嘴裏老是欠一把勁，只靠它一身糖，充個門面兒；而貨眞價實的山東大餅，絕對是不摻水兒的。你要它怎麼香有怎麼香，你要它怎麼爽口就怎麼爽口；出遠門，爲客商，你揹幾個大餅，也就不愁嘴裏淡淡的了。

想當年，在魯南——沂河兩岸，我吃遍了每一個集市上的山東大餅；大餅生涯，離我而去，一晃又十九個年頭了。我想，莫說臺灣的山東哥兒們摸不清山東大餅的模樣兒；而流落在臺北街頭，喊賣大餅的山東大爺，恐怕連「山東大餅」的眞容，也將隨着記憶而飄流了。

五十六年十月二十九日

素筵席上

由善導寺方丈道安和尚作東，晚間，在基隆路松山寺有一席素筵，邀請星洲僑界實業家，白花油藥廠有限公司董事長顏玉瑩先生一家人，到這個伴山伴城的幽雅所在敍一敍。

席間，除顏先生的夫人、子媳，還有謝冰瑩教授、項綺琴女士、嚴老太太，另外有一個不認識的漂亮女士；在主人這方面，便是道安上人，和我這個陪客。

上的每一道菜，當然沒有葷腥，也沒有烟，酒以汽水代替；因爲大家都對佛學有點門竅；而道安上人更是一個專家，所以興味倒不在吃極其鮮美的素菜，却只顧談門裏事了。

被邀請諸人，因爲話語不同，因而南腔北調，統一不來。道安法師是道地湖南話，夾句把「廣州白」；顏玉瑩先生則滿口閩南腔，夾一半廣州話；謝冰瑩先生講的是普通話，但她翻不來粵語和閩南語；因此，這中間就要一個「語言專家」來周旋了，而結果統一桌上語言的人，竟是那位未通名的美麗女子。一開始，她用國語，我沒在意；後來，她又用閩南語，我也沒留心；最後，她索性國語，閩南語，廣州語一齊來，一下子，就把桌上的南腔北調統一起來了，左翻又譯全是她，眞是怪哉！

道安上人，問她是那裏人；她說，是杭州人，不用說也會說上海話了。於是席上便熱鬧起來，而顏玉瑩先生又有一手「幽默」，所以主客皆甚歡洽。等這場席終人散，我總感覺對那位美麗的婦人似乎認識，又似乎不認識。悶在肚裏，也實在不好受。結果，我問道安上人：「那個大眼睛，長眉毛，有一張玉盤般臉的女人是誰？」

「那個，是——」道安上人想半天，「是戴綺霞呀！」

「啊呀！是戴綺霞？」

我說我眞蠢，我認識她是不假嘍，不過以前認識她是在「台下」，今天認識她是在「台上」哪！

我眞懊惱，我沒有多看她一眼！

是個多美麗的人啊！

五十一年七月九日

褡褳

在遙遠的童年，蘇北、皖北、豫北的鄉下人趕集，集上人下鄉，遠商近旅，出門的人兒，隨身帶着裝錢、裝鏰的傢伙，口袋不似口袋，兜肚不是兜肚兒，三尺來見長，尺半來見寬，三層土白色厚侉布扎實實地綴着，明是兩個裂嘴袋兒，暗裏一層通艙囊兒，這種北五省流行的古董，越過三十年，放在望遠鏡上瞧它，也許像個身份證夾兒，不過多了個賴長的腰身。鄉下人，有錢有驢的爺，出門搭在驢背上；沒錢沒驢的爺，搭在自個兒肩上，這種出門少不了的玩意，紅得似抗戰期中的旅行袋、時下人的公事包，我們叫它做「褡褳」！

在祖父的時代，活人還不敢用「紙錢」，褡褳裏，裝的是袁世凱、華盛頓（番洋）、大青龍；零碎的，是當十個，二十、五十、一百的銅子兒。再往上溯，便是眼子錢的天下，可是怎麼也塡不滿十吊錢。

在那個時代，帶牲口的主兒出門，先餵飽褡褳，再叫小厮備驢，小厮弄妥了驢兒，把褡褳搭在驢身上，主兒這才牽着驢，蹓熟了蹄兒，再翻身上了驢背，小皮鞭兒一揚，「嘟—嘟—」呼嘯兩聲，驢兒撒開腿，一路上小顛小跑，主兒高了興了，也許他爲的是遊山玩水，轉身掉戧，驢向東，他向西，美得似個神仙！

那些沒牲口的主兒呢，淸早出門，褡褳上肩，裏面襯幾文壓底錢，說他上集買賣，那離譜兒。原因是——集上有酒，有菜，有明娟的姐兒。到了集上，飯舘兒一栽，褡褳屁股底下一塞，先酟一壺乾酒，再來二兩餚肉，打個底，碰上兩個砍空的主兒，磨得前三皇後五帝都嘔了酸水，才帶雙醉眼，舌頭不打彎，唱一段秦雪梅弔孝，等到月上柳梢頭，這些天不知多高，地不知多厚的傢伙，酒醒了，人也倦了，才背着空褡褳，摸夜路回家。

褡褳，加上祖父的黑驢兒，是我兒時的畫面。

祖父死在戰前。戰後，我從軍歸來，回到刼後的故鄉，鄉下的市集上，再也看不到褡褳的影子了。褡褳，失落在我們成長的年代。如今，活人已不怕「紙錢」，一個女人手心窩着的小荷包兒，也能裝下二畝田。那些有錢的爺，一隻呑滿油水的公事包，能放下幾座羅馬城。

褡褳——是先民遺落下忠誠樸拙的烙記，如今，那些小皮包，大皮囊，它裝的是錢，也許裝的是空頭支票，論誠實厚道，眞是一代不如一代了。褡褳裏，裝的該是叮叮噹噹的明眼錢；童叟無欺，百無禁忌。

在臺灣，沒人肩上背個褡褳。褡褳，只有在書上才能見面，面對一羣二十歲的年輕人，你要畫個褡褳，也許他會說：這是裝娃兒的「繈褓」！眞的，世界上那有恁大的皮包呢？

想到褡褳，想到祖父那一代，會無端地跌入了兒時夢境。三十年了，我已步入中年，那一段無憂無慮的歲月，不再來了！

五十三年四月二十九日

移居

昔欲居南村，非爲卜其宅；聞多素心人，樂與數晨夕；懷此頗有年，今日從茲役；敝廬何必廣，取足蔽牀席；鄰曲時時來，抗言談在昔；奇文共欣賞，疑義相與析。

——陶　潛

兩年來，大雜院，與違章建築的生活，逼得我搬了四次家。在那種濫搬的情況下，家只有越搬越窮，破爛也越搬越少；奇怪的是：只有孩子越搬越旺；與孩子同在的——還有書架上的書，高、矮、肥、瘦，畸形茁長！

提起搬家，眞叫人透心發涼。原因是，我的家——搬來搬去，總跳不出「大雜院」，我們的蝸居，也飛不出「籠子」間；於是，陷在「格子」的我，白天，也只好聽聽噪音，看對門的小姑娘吱咕她娘；讓一層紙牆之外的琴聲，彈碎我編織幻想的午夢。只有夜深時，我才恢復一點人的感覺，閉着昏昏欲睡的眼，坐在窗前，胡思亂想。病，發生在我的破碎生涯裏，喪失了「想」的自由，便想到再搬一次家，向日益擁擠的空間抗議！

再不搬，我的頭殼要炸了！我已失去一切「寫」的憑藉。我只有在平靜中，讓心靈的活泉，澄清；才會湧現一閃卽逝的靈感，那時，我捕捉了它，才能寫下一篇叫人看得明白的短文，爲吃人的歲月，換二斗米。

天可憐我，和我的妻兒們。十天前，我終於在街頭的招貼上，找到一戶人家。問題是：那位頭家娘，可頂可賣，就是不租；這又彆得我牙疼。「頂吧」！「錢哪」？維持現狀吧，活得下去嗎？

碰上這種懊惱情況，我帶回去同妻商量。妻沉默地點點頭，瞬間，她放下手中的活，又拚命地搖搖頭。

我問：「你怎麼啦？」

「錢哪？」她把那雙粗糙而纖小的手一攤，臉上滑落一顆水珠兒。

「——你，你想想辦法！」我的喉嚨沙啞。

「——你，你也想想辦法看。」妻埋着臉，往地上看。

我們心裏都知道，這一張底牌揭穿了，是個「彆十」，有什麼好想的？

可是，我心裏有一把火在燃燒，燃燒。……

這是背水一戰。僅僅爲了爭取歲月中那點「想」的自由，我不能瞎指望。

我咬着牙，妻也咬着牙；在三天內，我們動員了同學、同鄉、同道；七拼八湊，弄了兩萬。

——房子頂下來了！

在北投這個小地方。

我的天哪，趕快搬吧！我恨不得，放火燒盡那些殺人「思想」的大雜院！

我的新居，不吹牛，廚、衛、廁全，二房一廳，外帶着一個「耳間」。在妻的安排下，我將佔有那個「耳房」。

得着了那間「耳房」之後，你猜我如何？我再也不出來嘍，讓我對着自己的靈魂說話，我要關起門來扮演陶潛、李白、曹植、杜甫；在那裏，我將主持一個心靈的大千世界，把蹩脚的地球，抛在九霄雲外。

明天，我搬家了。在那條丁點兒的骯髒，但非常僻靜的小街上，我沒有陶淵明那些朋友，而我的奇文，也只有我自己與編著先生共賞，讓我陶醉吧，祝福上蒼——我有了自己的「書房」！

五十三年四月十七日

家鎖

大夢誰先覺，平生我自知；
風移花影動，窗外日遲遲！

天知道，「武鄉侯」有沒有謅過這首歪詩？我打個滿足的呵欠，伸個蛇形的懶腰，順口溜出來！

在「遙遠」的廚房裏（自移新居，廚房較舊居遠十倍），妻猛聽我賴在床上哼詩，便吼道：「懶蟲！太陽晒到脊樑溝兒了，快來，幫忙把鍋刷了，把碗洗了，垃圾倒了，孩子尿盆冲了，我要——」

她這一陣必必剝剝的小囉嗦，把我一肚子詩，全彆進了牙縫，再也賈不起餘勇，唸第二首

——武鄉侯他老丈人的「梅花吟」了。

就此我悶聲不響，爬下床，把毯子、被子、枕頭，往床角一塞，便趿着鞋，溜進廚房，妻已瞪着鈴似的雙眼，等着吃掉我。

「魚與熊掌，不可兼得，這點小道理，你就不知道，瞅個啥呢？你要我做『作家』，又要我做你廚房裏的幫手，那就難了！你這樣嘮叨——吭，我等於白說——你把我這一肚子剪不斷，理還亂的幻想轟跑，我寫不成，你又咒我沒有思想、沒有靈魂、沒有深度了！這樣——如何是好？……」我低低地說。

「哎哎哎！」妻把那張剛修飾過的臉兒一紅，說：「好——我錯了！你把我彎在廚房，把我的靈感彎成乾飯、稀粥、貓兒餃子。你希望我的（看到報紙上，一個個女作家驚人出現，不禁砰然心動，也有心塑造一個屬於自己的女作家），也不是落空了？好——也罷！」

於是，妻繃着臉，又悶狠地剷起鍋來了。

我想，註定吃「糊塗」的命運（北方人吃的雜糧粥，叫「糊塗」），你不能吃肉；我們府上，只能出一個作家，該是命吧？

事實上，家與家事——這把有形的鎖，已鎖牢我這付血肉之軀，與涕泣的靈魂。

妻要求我的，「作家」要做，廚下的丈夫也不能鬆手。她要的是「魚與熊掌」，兩者兼有。

在她的匠心安排下，我是這家屋簷下，一位全知全能的上帝。我上天——要抹天花板，修電線，裝電器插頭；入地——要掏床角落，挖陰溝，沖廁所。在廚房裏——我要做羅宋湯，炒四川回鍋肉。出了廚房，便得文緺緺的，像個君子，嘴裏不滑村話，西裝不打褶兒，眼珠不打轉兒。要做，便是全能的丈夫。她這番苦透了的心，是我感激不了，而要兜着走的！

妻規定我，寫作在晚間，十點之前——每天寫這麼兩小時，像海明威的派頭，一天只寫五百大字。爲寫作，要遲上床，假如第二天頭暈，勞動她灌藥，她只有把我的筆沒收。

何況，每當我爲寫作上的事兒，上臺北逛舊書攤兒，搜購絕版書，廉價書時，最小的那個寶貝「筆兒」，準會嚷：「爸！爸！爸！我、要、去、臺、北！」他一字一隔頓兒。我要不哼聲，不理，他便快速地摸鞋子，抓草帽兒，吼：「爸爸我要去臺北！爸爸我要去臺北！」這麼一折磨，一哭，一吼，那個做媽媽的，便出來打圓場了：「哎呀，我看哪！你還是帶他去臺北吧！」於是，我也只有破惱爲笑，像背隻小水桶，把兒子往背上一背，背他到牯嶺街的舊書攤兒前，像多背了一個我的影子。

還有，妻生性有一種眼裏不能藏沙的雅毛病兒，房間裏不整得似魔宮兒一般不幹，院子裏不妥貼得似花園兒一般不幹，我的文章裏冒出個妞兒，不刷掉了，她也不幹！……

像這樣精密而完美的妻，像這樣圖畫般完美的家庭，何處找尋？
然而，這份完美的家，對我竟如「火宅」，它似一把鎖，拴牢我，令我窒息，絕望。……

五十三年六月一日

我家書房

清江一曲抱村流，長夏江村事事幽；
自去自來樑上燕，相親相近水中鷗；
老妻畫紙爲棋局，稚子敲針作釣鈎；
多病所需唯藥物，微軀此外復何求；

——杜甫

童年，祖父喜愛老杜，終日吟哦；他老人家在書房住，在書房裏吃，在書房裏支磚熬藥；以書房爲他養老之所。

祖父愛我，比愛他的兒子們多得多，整天，讓我賴在他懷裏，捋他花白的鬍子，還要跟着他沙啞的嗓子低吟——「相親——相近——水中鷗。……」

想起祖父，便想起我家那三大間兩明一暗的書房，在寒冬，祖父窩着我，像窩一盆火，在他那沒開窗戶的黑房裏睡。那間小房，黑洞洞的，白天我也看不清什麼，那兒像個聊齋裏的洞穴，祖父在枕上，對着燈，用聊齋故事把我打發入夢。外邊那兩間明的，正中供着一幅聖人像，條几上，則堆滿諸子百家線裝書。案前面，放一張柏木四方桌，桌兩側，一邊一張太師椅，頂當門，空着，留着聖人生日，由祖父領着家裏男人，向聖人焚香磕頭。

在書房的山頭，牆上懸一幅大伯父畫的遠公「虎溪送客圖」，山水兩側，是父親手筆：「惟大英雄能本色，是眞名士自風流。」字圖的下面，是一列書櫃，櫃裏裝滿古代的藏書，有的已揑蟲蛀了，有的已成斷簡殘篇。祖父說：這是我們傳家之寶。雖然經過了長年數不盡的兵連禍結，依然保有了這付讀書人的架子。

祖父，逝世三十年了！

二十年前，那片故園舊宅，已被毛匪的鋤頭拉平，而那間祖父的書房，却僥倖地留下，但被母親改爲臥房、廚房、磨房；十五年前，那間被支解的書房，也被家鄉的「風雨」夷平了，而母親則棲息在一個紅薯窖裏去團她的殘年。那畫山水的大伯父呢，流浪到蘇州，死在蘇州；而寫聯句的父親，則遯迹到貴陽，也失落在貴陽。那書房中的書、聖像，恐怕早已成爲刼後殘灰。

古老的家已毀，毀得無影無蹤；那間寬大的、消磨我童年的書房，最近常無端入夢，驚破了我無數個苦寒之夜。祖父，沙啞而蒼老的吟哦，大伯父的巨幅山水，父親的聯句，交織成我滿眼迷離的淚痕。

何凡先生在「不按牌理出牌」一書中，描述他那個玄關改成的書房。蔡耿萬先生，又寫出他那間紙糊的書房；王岫老，則有一間家人不能侵犯的大書房。

我呢，自從幼年失去那間古老的書齋，如今，與家人擠在北投一個六蓆大的蝸居裏，後面四個蓆，有五個人搭舖，前面兩個蓆，白天裏，由孩子們「惡寫」，近晚，由妻子扭燈「惡補」，他們把我擠出白天的世界，只有到晚上九點以後，他們才難得地讓出來，我在這裏——我的書房——寫到深夜。

五十三年三月十七日

書房•書房

讀仲父先生「書也是財產」一文，油然生「書道唯艱」之嘆。堪自負的是，書——這份財產，倒也塞滿了我這份「國民住宅」的家；可是因爲阮囊不濟，則老是買斷了線。這好比窮人害病，有錢時吃藥，沒錢時也只好望着藥乾瞪眼。

唯自春間寒舍新成，第一件事，是如何佈置一間「書房」。而且當設計房舍時，好在書房牆上已設計一排檜木籠子，用作圖書分類與歸檔。然後，門邊又置一個書橱，在一間六蓆大的書房中，北窗下再擺一張六尺長烏龍似的書桌，於是新、舊、高、矮、肥、瘦、姸、醜不同的中外墨客的大作，於焉滿坑滿谷而立，斗室盎然成書肆矣！

惜我在幼年與書無緣，當了半輩子兵，等到蘇老泉二十七之年，才發奮「買書」圖强，憑兵大爺那份微薄的薪水，每月只上一次街，帶上街的錢，換一抱書回來之後，這個月中二十九天，就只好愁對粗茶淡飯，而肥皂、牙膏也只有用鹽巴代替了。

而今「告老還鄉」之後，「書齋」雖已成立，但書壑依然難塡。每月只要口袋尙有餘資，重慶南路一蹓躂，便流連忘返。如果回家時，書揹得過火，買斷了糧錢，少不得挨老妻一餐惡罵。

對於買書，眞是傷透我這半輩子不轉彎的腦筋。——原因是我對新版好書，只要廣告一見報，我便欲得而後甘；如果那時湊不出錢把它搬回家，便整天失魂落魄，沒處抓撓。也因此，每上街買一次書，回家便換一餐惡罵。其實呢，說穿了，這罵人之人也是書中的老饕，她罵歸罵，我買了書回家，大事已經成舟，她繃着臉，還不是栽進書房，鎖起門來看。而家中那個小饕，說來令人難以置信，盛矣哉，書癮更大；老子買的書，跟不上他翻。一部新版的「世界通史」兩天吃光；「中國通史」，一個暑假翻九遍；乃至王雲五的「八十自述」，陶希聖的「潮流與點滴」，桑戴克「世界史綱」，以及什麼人小說，什麼人的自傳，他多半翻個三五遍；對書，他似乎像吃糖，總不嫌厭。這個明年將進初中的小饕，我們一家人加起來沒有他一個人眼快；因此，我這一房子書，他還嚷沒書看。我爲了滿足他的胃口，經常帶回家的刋物，又使他得其所哉，埋頭猛看。在俺們這份貧窮人家，還訂了三份報，是中央、大華、國語日報，因此，每個月，我被書——這百無一用——當不上錢使的東西，壓得面色蒼黃。

在俺們這斷線珍珠式購書歲月表上，除了這一屋子書——據仲父先生諺曰——「這也是財產」的東西，眞使我經常窮到髮長三寸，腳下無鞋的地步。

一部大藏經，一匣二十五史，十三經，資治通鑑，胡適文存，十來部中西辭書，就够我吃不了兜着走了，下焉者還有什麼史，什麼論，什麼研究，什麼語錄，什麼誌，什麼人的詩詞；乃至雷馬克，海明威，愛默森，傑克倫敦，杂斯妥也夫斯基，大仲馬，張愛玲，沙千夢，眞正地變成了我的全部家當！

寒舍中，除兩個啃注音字母的羅卜而外，皆是搶書搶報之尤者。一本新書，一份刋物到家，你盯得不緊，便會無影無踪。

我們每當華燈初上，人家看電視的看電視，看電影的看電影；而我們一哄便擠到書房，各據一方，除了讀便是寫。如果要照實招來，這書房供給我們的情調，並非「徒然讀書」；除讀而外，每人還有點外快——不是你，便是我，筆下送出去的東西，多少會變爲鉛字回來。

唯其因爲買書之難，書房之擠，可嘆的是——呂佛庭先生的畫，梁寒操先生的字，匡仲英先生的「心經」，都沒處安放了，一憾！

驢與騾

臺北圓山動物園進門不遠，靠右首一個柵子裡，站着一頭驢不驢、騾不騾的東西；孩子們剛照面，便大叫一聲「喲！驢——」等到再往裡走，與駱駝連邊的欄柵裡，有兩頭小毛球似的玩意，那才是道地的驢——那「騎驢過小橋，獨嘆梅花瘦」的毛驢兒。

那驢不驢、騾不騾的東西，在大江以南，似乎也很少見；只有在大陸北方產驢最多的地方，才偶而見到一頭兩頭「頭角崢嶸」的「驢騾」。因此，難怪圓山動物園也視之爲「異獸」了。可是，小毛驢兒也同等躐進，冒充紳士，混進了獅子、老虎、豹的行列，昂然爲動物園的貴賓，這就叫俺們北方老鄉笑掉了牙。

提到驢子，與其族兄族弟——騾，還有那非驢非騾的「驢騾」，俺們那兒土話，統叫牠做

「堆」（ㄉㄨㄟ）；也就有人乾脆把牠們父母的尊號竝稱，而不名「ㄉㄨㄟ」了。

原來，這「驢騾」是騾公、驢母留下的混血兒，爲數極少，所以是驢族的奇珍。這東西，生就「驢頭、驢腿與驢尾」，却帶着一個騾形的肚皮。牠不似驢子那般彆扭、蠢；也不似騾子那樣暴躁、野。因此，牠倒是遺傳了爺娘美的一面。

再說騾子，也許在臺灣長大的孩子都不知道，騾娃並非騾父騾母所生。爲什麼上蒼要吝嗇一個「子宮」，不讓騾母去生兒育女，這種天道未免太殘酷了。

原來，騾娃子是由驢公與馬母婚媾的產兒；牠們個個「人高馬大」，不似驢子那麼矮小、猥葸；倒像牠們的母親。

站在騾紳士的份兒上，一馬雙鞍，倒是頂風流的；可是却苦壞了那些望兒倚閭的騾母，卽使牠們望穿秋水，也不能望出一個麟兒來。

在祖國北方，經濟未發達之時，窮鄉僻壤、甚至陽關大道，都是「驢、騾、馬」的天下。那些上上下下、來來往往、運貨馱糧的客商，能把成萬斤的鹽和數不盡的糧做到「貨暢其流」的，却是靠的這些不具人形的朋友的幫忙。而這些成群結隊的驢、騾、馬，從天矇矇亮到太陽落，浩浩蕩蕩、跋山涉水不爲苦的隊伍，人們却不因爲「馬」的個兒大、「騾子」的性兒野，叫牠們「馬馱販」，「騾馱販」；好像天之生物，爲了牠們的殘缺，而給牠們安慰一般，人們管這些畜生隊伍，都叫「驢馱販」。

驢子，天生又醜又蠢，難得有一付昂藏的長相。但是北方佬們愛牠。因此，家家——不論貧富貴賤，都似乎有這麼一間「驢棚」，以供他們的驢兒早起晚睡，有個歸檔！

俺們北方，古老以來便流傳下來一句沒有考證的金言，說什麼「銅騾、鐵驢、紙糊的馬」；對於這些可憐的小毛驢兒，這句話倒是安慰備至了。

說到小毛驢兒，每當大風雪、泥濘沒脛的歹日子，那時候，旅人們陷在窮途逆旅；能幫忙的，便是那不怕天寒地凍的驢子了。

一頭毛驢，也許高不過三尺，你騎在牠背兒上，牠不哼不響，不緊不慢，跋涉在彤雲北風之下；牠會咬牙閉嘴，苦撐到底，把這滿途風雪當一江春水來欣賞，把你帶到自己的家園。

至於「騾子」、「馬」，個兒壯，力氣大；但是牠們欠缺那份耐心與毅力，挨不了風雪的折磨。而且騾子的脾氣大，動不動就踢、跳、嘶、咬，弄得人神不安。而馬兒呢，你騎在牠背上，穩如泰山，倒是挺舒服的；可是不上幾里泥濘路，便氣喘咻咻，大有難以爲繼之概。

尤其是「馬」，在冬寒歲底，像枝暖房裡的花草，又嬌又嫩。我隱隱約約地記起，一年風雪隆冬，天還沒亮，院子裡就有人嚷「煨馬肉」；我一軲轆爬起來，娘一把按住我，說：「馬昨晚給凍死了，這晚還沒有下鍋，急的什麼？」

等我起來，走到牲口房裡一看，可不是——平時飛揚跋扈的黑騷馬，這時直腿直脚，僵在馬槽邊，眼球翻白，像一堆冰山。昨晚，牠還是挺神氣的囉；誰知這一夜西北風帶來的三尺深大雪，便斷送了這老好人的生命。

與老黑同住的，還有一頭騾子，也直不起腰了；只有那兩頭祖父的坐騎——小烏驢，聽到我來，兩耳直豎，噓噓直嚷。……

想到故鄉這些畜生朋友，我們擁有牠們，似乎已恍如隔世。想到人生，與其為了好看而傷腦筋，就不如忍耐、堅強，醜陋一點又何妨？

註：本文發表後，遍遭成群的讀者「圍攻」，而我心愛之依然如故；蓋自己的醜孩子——沒褒貶也！原因是「騾公」亦不能生育。騾乃由驢、馬混血；「驢騾」則由馬、驢混血。

五十七年二月二十三日

野娃

再過兩個月，小慧就三歲啦；我們一直為她的「前途」擔憂。不到三歲的娃兒，整天價闖禍。前後左右，沒一天不挑起戰火！

我們宿舍前，有條十字路，就是她的戰線。四面八方的娃兒，在這裏遭遇，不是嚎，就得帶着傷走。

魯家的以颱風得名的薏絲，比她大九個月，不是她價錢，一照面，擋不上兩招，就扭得薏絲哎呀哎呀直哭！

對面的男小子克難，與她同年同月同日生，比她棒。他們面覿面，像兩頭聳脊爭食的野貓。他們本來很要好，可是對面時，捱不了三秒鐘，便大打出手，克難揪她的小辮子，她掐克難的耳垂，能堅持一點鐘。

休戰時，克難正自鳴得意兒，冷不防，就趁那一瞬間，小慧迎面飛出一爪，小克難的臉上，五條紅溝。克難垮啦，捧着臉，直嚷媽！

屋後，同我們不常見面的小美，那小妞，有遺傳性心疼病，只要踏進我們的「防區」，讓她發現了，那可不得了。她撒開小腿追上去，也不用動手，只「嘎！嘎！嘎！」連吼三聲，便把小美嚇昏了。

小明、小蓉、阿芬、阿昆這幫娃兒，同她在一道時，都得讓她三分。見她發脾氣，趕快溜。每天見面，好像只爲討好這位無上權威的公主。

她打哭別人，她也哭。之後，她告訴媽媽：「小明打我啦！哇！哇哇！」天知道。

她有同時對付兩個孩子進攻的本領。如果颱風同克難組織聯合戰線，遭遇時，兩個先動手，打她的臉，她快速地伸出小手把臉一蒙，讓巴掌打在她手上；人家放手時，她纔猛烈地左右開弓，雙拳出動，每人劈胸一送，打倒了，拔脚便逃，只有哭聲在後頭追趕她。

一晚，她五歲的哥哥挨人打，她悶聲不響，蹋蹋拖拖跑回家，拖出一根抵門的棍子，往馬路直奔。她媽媽一看，不得了，攔住她。她瞪着亮晶晶的小圓眼：「他們打哥哥啦！我去打他！」瞧那付認眞的德性兒，你怎麼着？

別以爲，她登在家會和善些。經常，哥哥跟她動手，倒霉的不是她。兩個娃兒纏在一起時，她先喊媽，一面出手抓，動嘴咬；等我們趕到，哥哥的膀子上，已種了一排鮮明的牙印子。她哥哥的手上、臉上、腿上，處處都印滿她勝利的斑紋。

每回出亂子，這末大的娃兒，你揍她一頓吧，她太小，吃不住一巴掌；你要吼她幾聲，她就拚命地、傷心地嚎出胃液來。等大夥兒氣消了，她又野蠻如故。

她的小腦筋裏一片白，沒有過去。

只要她哥哥有意外的收入：新衣啦，新鞋啦，拖板啦，沒她的份兒，決不善罷干休。直鬧得、吵得、翻得天下大亂。父母挨她鬧昏頭，哥哥挨她逼得團團轉，到最後，勝利的果實屬她。

本來，哥哥有一張專用的小書桌，桌肚裏，放着他心愛的紙、筆、橡皮、小圖書、玩具盒什麼的。而他，忠厚得無法守住自己的東西，她每天霸爲己有。

如果，她想强取抽屜裏的東西，她哥哥惟一的辦法是關抽屜。這時，她把手朝抽屜口一揷，「看你軋吧！」她寧願軋破手，也要取得她所要的。

在飯桌上，她的天下更糟。沒上桌，先吼。飯到嘴巴，手同筷子齊上，一陣風捲殘雲，把飯菜抓光；然後再動手收拾哥哥的殘菜剩飯。這餐飯，等她吃完，也等於向飯桌開了一場火。由於她好出汗，每飯都打赤膊——於是滿頭滿臉滿身滿腿全黏着飯。她對吃的，可說得天獨厚，無所不饞。只要是可吃的，她都能把肚子裝得像小籮筐。

她十個月時，還是個瘦皮猴。醫生們全說她心哪、肺哪、肝哪、都有病。抱悲觀的人們，連她媽媽也說她活不了。誰知，從斷奶後，呑麵糊，吃米粉，奇啦，她身上的肉，飛一般地漲起來了。現在那一身哪，只能說是不方不圓、帶角帶稜的肉石頭。那頸上肉，聳起來像佛像上的肉髻。小腿肚，硬得如門軸子。惟有那雙手，獨自發展，又小又柔。

夜晚，寒滲滲地，別人加被子，她只搭塊圍腰的黃布單，那是她的「小毯子」，你要多加她一點兒，她也不能受。

就憑這壯、胖、野蠻，我們這個蝸牛殼般的家，就快裝不住她了。我們一上班，她就成了小流浪。

呀——隔壁的阿昆，飛跑了來，告狀，說：小慧把「颱風」的頭，揪掉了！

「天哪！」我們上班，剛到家門口，就接到這惡耗。

恰巧，這時候小野蠻從十字路樹叢邊鑽出來了。那張肉臉上，塗着幾塊殷紅的傷，小膀子上也爆着血槓。她還一蹦一跳地擧起右手：「媽！這是薏絲的頭髮！」乖乖！她竟拔了颱風一大綹頭髮！

唉！有女如斯，夫復何言？

甩相

冬青樹籬笆遮掩着，轉彎的路上，有個人影兒，透過陽光穿揷的隙縫，似隻大花蝶，在綠葉間飛舞。

那是個穿着鵝黃色尼龍衫的小小子，短褲兒是天藍的。那邊的炎陽，貼在大珍珠兒似的臉蛋上，蒸得通紅。那小子，像是圍着一條白底間藍的小圍裙，右肩左腋下，揹着個花花綠綠的書包兒；有一付「唸書人」的小模樣。陽光把他移動着。

唔，一頂大甲藺的草帽兒，掛在脊背上。他走着，挺胸脯兒凹肚皮，兩隻小腿兒甩來甩去，穿舞在綠葉的夾縫間，似隻大花蝶。

接着一群放學的孩子湧過來，恰巧有一群太太擁過去；他走着，在別人的腋窩下，選擇最安全的路，正正經經地走着。他全不理會，一大群「小弟！小弟！」的讚美歡呼，和一隊媽媽姨姨的磁性圍困，帶着點矜持的勁兒，突破重圍。

轉過那冬青樹的缺口，驀地出現一雙黑是黑、白是白、水是水的大眼兒。我從紗窗裏向那邊眺望，那臉兒，活似一張小甜餅，是幼稚園的小搗蛋。他瞧着我，連奔帶跳地跑過來，扔下他的小外套，猛叫一聲「爸！」那不是我的兒嗎？甩相！

×　×　×

天邊重疊着沉重的雨雲，大雨點，從山後，如一陣鋼琴裏的噪音，潑野地倒過來。嘩嘩嘩……天色在刹那間變得昏暗。

廠區的另一端，安靜的幼稚園牆外，站着一群排成縱隊的娃娃，都剛脫了奶不久，約莫四五十個，紅黃藍白各色的雨衣，裹着許多肉滾滾的小身軀。在雨底下，一個孩子，是小班長；他站在「斯巴達」武士的位置上，戴頂高聳聳的黃雨帽，披件大紅色的雨氅兒，小手裏拄一支竹條兒當「劍」。

「立——正！」那竹條兒在雨點中一劃，突然幾十張嘈雜的小嘴巴，閉緊了。

「黃巧妙！」一個小女孩低着頭，馬上把頭抬起來。

「向右看一齊，向前——看！」那「劍」在空中揮舞着。那群孩子也相當柔順，聽他的，舉直小手。

「李建中！你的頭歪！還歪！」那劍，朝一個方向比一比。「焦沙精！淋死你啦！哭？——向前——看！」那劍往下一抽。孩子們的手，刷地打在雨衣上，嘩嘩嘩……雨聲傾瀉。

「立——正！不准動！向前看——齊！動！誰敢？向前——看！左轉彎，齊步——走！」那支「劍」在雨中揮舞。一頂黃色的小雨帽，在雨縫間擺動。

這群孩子也眞柔順，在大雨裏，縲縲縩縩地走，只有急雨聲陪伴着小脚步。

「我——是一個小兵丁！——唱！」那黃雨帽兒下，跳出一聲嬌脆的口令詞。於是那群孩子們吼着：

「我——是一個小兵丁！小兵丁！我——是一個小兵丁！小兵丁！是！我！……」甜津津的娃娃調兒，此起彼落。

我冒着雨，在自行車上，馳過這群小小的隊伍。轉回頭，呀——那頂黃帽兒下，撒野地猛叫一聲「爸！」那不是我的兒嗎？甩相！

× × ×

淡綠色的燈光，擁抱着一張小書桌，一個大不點兒的孩子，腰桿兒挺得很莊重。孩子的身旁，有個婦人，織毛衣，一面指點着。那孩子的手，迎着燈光，握着一支嶄新的水筆，低下頭，開始在紙上塗寫。他能塗寫什麼？是「小丁丁」呀？還是「小牛仔」？那孩子有板有眼兒的，不像畫畫，你瞧，那神道兒，塗寫着。

哦，他媽媽說啦：「那個『它』字錯了！」那孩子自動地改過來，又神乎其神地塗寫着。直到塗得差不多——那字兒倒寫得方方正正，個頂個兒的——舉起小手，捧着紙，對亮，嘴裏念：「叔叔：您寄來的鋼筆，我已收到啦！我很愛它。雙十節快到啦，您能來我家玩嗎？謝謝！祝您快樂！——」這時，他纔像完成一樁神聖的任務。

「媽，對嗎？」那張小甜餅，充滿勝利的光輝。

那做媽的人，有一股衷心的喜悅，染在臉上。她仔細端詳那張紙，看了又看，像端詳一幅神奇的古畫。之後，她俯下頭，捧起她寶貝兒子的臉，印下一千個吻。

×　×　×

初夜，我採訪歸來，在紗窗外偷看。不料那孩子眼兒尖，嘴兒快，瞅着我大叫一聲「爸！」那不是我的弱水嗎？甩相！

五十年十月十五日

醜妻

左鄰右舍的太太，不管在哪裏擱着我，都會說：「啊，老陳！你多有福呵！你哪世修來的這麼個太太？多賢慧，多能幹，多漂亮！……」我也不論在哪裏，都會千篇一律地裂裂嘴，聳聳肩，默認；那是一樁鐵的事實，不然，我同這些太太們，要辯論到多早晚呢？

照例，我十二點過三十分，騎車子到家。車子還沒轉過那片竹籬笆，先得把這頭「洋驢兒」抱起來，一直抱到家門口，還要偷偷摸摸的放下來。如果，不小心碰到那不爭氣的鈴兒呱呱響，那屋裏人，便會捱了蛇咬似地奔出來：「啊！我的天！我的心都震掉啦！——還是你呀！……」

把洋驢兒拴好，再豎着耳朵靜聽一番，看這頭驢兒還沒驚動什麼，先喘口粗氣，再拍拍身上，有灰不？要有灰；再假設一下，灰裏帶來了「細菌」不？然後，再悄悄地，托着門鼻子，把門推開，瞧瞧，屋裏沒驚動什麼，再脫鞋。

待兩個大脚趾，點着地，一聳一拐，上了榻榻米，仰頭一望。喲，乖乖，牛仔穿得像舞臺上的「黃天霸」，顫巍巍地，從房裏，用輕功溜出來。

「牛仔，上學嗎？」我向孩子扮個鬼臉，「你媽呢？」

牛仔不說話，先按住嘴唇，低聲道：「媽，睡覺，別吵啊！」這孩子，除了一派天眞，臉上身上哪有一根孩子的毛呢？「爸，再見！」

我瞪着眼，看他，溜出籬笆門，哇！可變了樣啦！他也不想想，他媽媽爲他下了多少工夫，把他捏成這個樣，他只一躬腰，就把他媽媽那個模子抖落了。

我嘆口氣，爬上榻榻米，就想像：此身已陷入「危境」，那榻榻米、寫字檯、玻璃窗；擦得比狗舐的還光。

我這一到家，別以爲自己裝得像個爬蟲，沒了事。我那牛仔他媽，耳朵比螞蟻還尖，便「哇」地一聲，從床上躍下來，就像她挨誰揍了一棒，「哇！你不要把我這個家弄亂了吧！你的西裝又亂丟啦！你的臭襪子又亂塞啦！你的領帶又亂掛啦！你的稿子又亂放啦！我整天釘着你後頭檢，檢也檢不完！我也訓練你七年啦，你究竟是怎麼搞的呢！哪！第三個釘子上，不是衣掛兒嗎？那第四個盒子，不是你放鞋子的嗎？第五個鈎兒，不是你掛領帶的嗎？……」

唉！我哪有這多工夫去記這些撈什子呢？

還有我的性子急，像跑新聞一樣；上廁所，不是撞翻了凳子，就是拉廁所門，用過了勁，鬧得個嘰哇喊。牛仔他媽，就拉着嗓子叫：「哎呀！牛仔他爸！又怎麼啦？出了事啦吧！輕些兒呀！」走進廚房，是爲的吃。可是我們，要按規矩，想想「衛生習慣」。什麼人用什麼筷子，什麼碗，什麼瓢羹，沒吃飯，先得把這些玩意「煮爛」。什麼人坐什麼位置，怎麼個坐法，也不能搞亂。在飯桌子上，你爲的是尊重肚子，可是你張開嘴來，不能漏東西，漏了東西，也不能檢。「這些掉了的東西，都有『細菌』爬啊！」她會講。而我的家學淵源，掉了東西非檢不可。「一粥一飯，當思來處不易」，她那裏知道莊稼漢的辛苦呢？管他的，細菌能把我怎樣？

我是不能生病的，要是我偶爾受了細菌的愚弄，染上了頭疼傷風一些子小毛病，她就會按我在床上，睡個兩三天。藥瓶子，藥罐子，藥包子，直擺得滿床滿桌子，她還啊：「牛仔他爸！你可不能動，要多休息，多喝水，多保養！」又說什麼小病會變成大病嘍，感冒會變成傷寒嘍，傷風會變成肺炎嘍，又是什麼會變成什麼嘍，一長串。

我是愛動的。可是我在家裏，就像繩捆索綁，不能隨心所欲的玩。要是動錯了——像寫稿子，要翻字典，查辭源，找資料；弄亂了書架子，翻亂了書桌子，牛仔他媽，也不哼聲，就跟着檢，我的資料還沒有翻得全哪，就叫她的「精酒手兒」歸了檔啦！

我是愛吼的！沒事兒，也愛揍揍孩子玩，在我想，孩子一野，不揍是不成的！只要我一動手，揪着牛仔，吼他一聲「混蛋」！他的媽，那張光滑滑、明晃晃的鋼刀面孔一亮，眼珠子突出丈把遠，就準備同我決一死戰——於是，我的手一軟。

像我這種人，幹新聞記者的，成天起早睡晚，流浪慣了的。一年到頭，沒幾天好日子過，也想浪蕩浪蕩。因此，興頭一來，也不免動了「七年之癢」。想嘗嘗女人的嘴唇兒，是什麼味兒。我這張叫風乾了的嘴巴，欠滋潤，眞淡！待我出其不意，找個碴子，扳過她的頭，準備湊上去，香香，誰知道，還有人更快的，一出手，便橫在兩者之間。「咳！」她先乾咳一下，「孩子這麼大——怎麼啦？」

「我嘴裏有狗矢嗎？」我眞惱了，這一擋。

你猜她怎麼講：「狗矢是沒有的，在外頭瘋了一天，難道沒有細菌嗎？」這是什麼話？我這個家，整得像個醫院一樣，衣、食、住、行、育、樂，人生六件事，全照着病房裏的「常規」幹的。太太的臉，永遠像「護士長」。我同孩子，沒病，也要住院。家裏一股子藥酸味，水溝、便池、洗澡間，沒一天不澆幾次滴滴涕，灰門氧。

自然嘍，牛仔他媽，漂亮；甚至比林靜宜還漂亮；她能幹，賢慧，有最高級的衛生習慣。本來嗎，她就是「護士長」。

可是，那做丈夫的我，天天都得承受那張永遠不變的臉，永無微笑的嘴唇；那是莊嚴、聖潔、高貴。

哦！像這種疲乏、冷漠、平滑；但是沒有血，沒有肉的健康，怎麼能算得「美」呢？

五十年十一月十一日

靈曲

我忽然想到，一版滿滿霍霍的鉛字，是某一種人類性靈中最美好的糧；猶如在一座大廳中，擁滿着以寫作爲生命的男女老少、高矮肥瘦、南蠻北傖，所組成的多彩畫面。

這一座廳中，紫氣氤氳，香雲繚繞，彷彿聚集着一羣不食人間烟火之客，每個人都曾爲他們帶有仙氣的靈，播下些血肉凡夫不曾播過的種籽，爲人間綻出些梵谷的畫，貝多芬的曲，李太白的詩篇。

方豪、毛振翔神父爲天主的樂園，唱着「聖靈」的歌：釋廣元、華嚴關主，爲衆生繪一幅釋迦在靈山「拈花微笑」的圖；張起鈞、吳怡先生爲沉迷的人織一段莊生的夢。……

在寫作的生命樂園。……

羅蘭一組，張曉風一組，華嚴女士一組，這兒一組，那兒一組，組與組的光影重叠，構成各自崇仰的心靈的世界。

這兒是閃着光的寫作樂園。……

正如人間的傳說：仙子們在不同的時間與相異的空間，化身千萬億，飛到人間，變成白髮蒼蒼的杜負翁，嬌羞不勝的華心怡；化爲彌勒肚皮的楊乃藩，美人如玉的鍾梅音；在這兒，賣花女與跛脚的李鐵拐同在。……

在心底深處，在那看不見剔透玲瓏的心的生命之核裏，懷着多少顆慈悲憐愛的心，爲人間苦難、掙扎的靈魂，照自己的——那粒粒如珍珠、排滿在鉛版上的靈的種籽那樣，排出人類的景緻，並不淒涼。

有了種植，也有收穫。

在這兒，面對自己的簡、醜、貧乏，與掙扎之苦，我一點也不遺憾於傅佩芳的妹妹的「小」，詩人杜負翁的「老」，華嚴闊主的「奇特」，蔣芸的「秀麗」，張曉風的「蘊育」，趙滋蕃的「深刻」；年輕人固然後生可畏，老一輩也蒼翠如峯；餘下像我們這樣，譬如從「半下流社會」、「子午線上」，「到龍城一夜」的趙滋蕃先生，就說不出他那一點從這個殘缺的世界，欠缺什麼！

在麥克風前，孫如陵先生爲衆多的「神」贏來的不是「敲桌子」，而是轟然的掌鳴；林海音——一陣歡笑，蔣芸——一陣歡笑，方豪神父爲四個「神」推、拖、拉着，陶希聖先生一聲聲「感謝的心」；在這個世界，聚集着靈界的風風雨雨，爲人間製造些葡萄美酒般的芬芳。

在這裏，沒有慚愧，也沒有悲哀；每一個「仙子」都曾經通過「地獄」那道窄門爬上來。在每一張仙子的面容上，看不到仙子之美，與神仙的莊嚴；全都像——本來是——有血有肉的人樣；原因是——「不見廬山眞面目，只緣身在此山中」，夫復何憾？

在這兒，您必須留意——

爲一版版滿滿霍霍鉛字而寫，絕不輸於爲你自己的靈魂而寫；爲你小小的天地繪一幅圖，絕不輸於你爲大千世界譜一首歌！寒山、拾得的詩與沙門本際的詩（沙門本際有「賀陶希聖先生七十詩」），辛稼軒的「憶江南」，與周春堤的「憶江南」，在某一種意趣上，你不能分辨它們有什麼兩樣。

在芝加哥的周春堤，霧倫敦的蔣鍾琇，利比亞的王琰如，西班牙的張偉寧，澳洲的余非，這些仙男仙女們，雖然趕不及駕雲車出席這一番蟠桃大會，但是他們全都有傳心之術，與這兒的陶淵明、杜工部、韓昌黎、蘇子瞻、寒山子，已經息息相通。他們從千里眼，看到柴氣瀰覆的中央日報五樓，跳躍着靈界諸神的彩舞；從千里耳，他們收到數不完清心悅耳的祝福！

這一聲聲，一字字，一粒粒，是靈的種籽，靈的語絲，靈的舞曲。……
這些來自人間——靈的世界——中副的一日。……

五十七年元月三日晚

一網離情

前天的清晨，在迷離的秋雨中，接到你——來自密西西比河畔的小札；哦，孩子！突然從封角裏，掉出你童年的小影，那一幀——小皮球，圓鼓鼓，兩隻活水似的雙瞳，一髻彩雲似的秀髮的你。孩子，那才是我們第一次相逢；兩顆心，從千萬里的空間，剪斷二十年的時間的相印。

當上帝的愛與釋迦的慈憫，把兩顆無邪的心，縫綴在一起時，那兒沒有奢求，沒有目的，沒有傷害；一片赤子之情，凝結成的，是一粒鑽石的愛情。這種愛，雖然微小到一沫浮漚，但是它與天地同在，像兩個小孩揑麵球般，說這是宇宙的誕生。

孩子，從密西西比的鴻雁聲中，捎來你天眞，無邪，活在上帝樂園中的柔情細語；它忘卻人間的瑣屑，它描繪仙子們的足音；它寬恕，容忍，一點也不苛求世人的罪惡與嗔恨。

——孩子，你說：「密西西比的河水也訴不盡我懷念你的深情摯愛，親愛的——强尼！經過三年時間的淘練，我已知道什麼是你，何者爲我了。要說——天之盡頭，還有另一個我，那末，海之這一角，也有一個濃縮的你。

「强尼，我知道，你有一個看來似乎溫暖的窩巢了；但是，這都不足阻止我傾向你的愛情，我有權利愛一個屬於古老的，中國的，東方哲學型的你——一個彷彿我爸爸那樣——充滿稚子之情的你麼？

「强尼，請你們那裏人放心，中間阻絕著浩瀚太平洋，一個小女孩，不會搶走你；正如她無法掠奪你們中國的文化與傳統一樣；而我，從你那裏學來的，只是中國式ㄅㄆㄇㄈ注音符號，與看來好像天書似的方塊字。强尼，什麼是 ker so（咳嗽）？哦，別害著我的慢性支氣管卡答兒吧，我會珍重自己，我已經十八歲。否則的話，上帝便會略事警告你；如果得罪了上蒼，在這十天之內，我便不 terng（疼）你了。

「强尼，哦——爸爸從德克薩斯回來，一眼就發現你給我那一大叠信（我根本就不介意），和你寄給我的『國語日報』，以及國語錄音片。他望我作個鬼臉，然後說：『這是那一門子事，你同土耳其人打交道吧？』我說：『吱——才不是呢。我的朋友是—— A writer of the Republic of China——强尼，而不是屬於 Red China 的。爸——你懂吧，一位作家！

「强尼，其實一個人在文字上表達他自己的情感，絕不是過錯；所以對於你，溢出這愛的杯口的語言，我毫不介意。同時，我以爲卽使這份情感滲進了『愛苗』，也不應該視爲『惡意』；在東方的世界，你我之間所以被視爲『邪思』，乃緣於我們處境之不同；如果我們不是處於今天——你有那個窩巢之故，那任憑這份情感變到何種程度，也沒有『蜀犬吠日』之禍了。

「强尼，但是我們今天——情感之絕不能超越現實一步，如果偶一發現不妥之處，便會卑視自己的意識——這是否需要呢？我倒懷疑，難道去愛一個人是有罪的麼(卽使處在你那種地位)？强尼，我對你的情感，始終如一，處處如一，時時如一；我將不介意我父母是否允許這份愛的存在，或則對我們有否批評；誠如你所說：『一個人有權力用無邪的愛心，去愛別人。』因此，我便毋庸重視局外人的流言蜚語了。在不影響、不損害別人的原則下，我可以隨意去愛我所愛的人；因爲，愛底本身並不附帶任何條件；它是美好的，聖潔的；眞正的愛，並非要在你所愛者的身上得到任何補償，否則那就眞是太卑劣了！

「强尼，萬事任其自然吧——至於我，愛就是愛，絕不會有『煩惱』，相信你會明白一個撒克遜小女孩的意思吧？

「强尼，天下有情人，上蒼本難期其都成眷屬；我，心靈上的浮雕，只要一個抽象的哲學的，詩書氣質的你——讓它永藏心底。永藏心底……

「强尼，我已和媽咪商量過，明年假期，我決定申請華盛頓大學東方語文學系——你爲我踩出來的這條捷徑。

「强尼，如果有緣，讓我們五年之後，在貴國的台灣大學研究所中再見。……」

× × ×

哦，蘭姬，我的孩子。此間的愛，也眞是多采多姿，光怪陸離；有夫妻之愛，有父子之情，有手足之誼，有朋友之義；然而，一個東方的中年人和一個西方的小女孩，透過一次偶然的機緣，加以三年來的魚雁來往，連接了兩顆光芒異彩的靈魂，這是屬於哪一種愛呢？

這種愛——兩種文化類型的愛，誰也不知道它能延續多久，也許一縱卽逝，也許地久天長。

孩子，讓我這個東方式的老古董，用我們東方特有的素材，描下你美麗無邪的小影吧。

這是來自我們唐代的「新詩」，一種叫做「詞」的東西，獻給我的蘭姬——

「人如玉，
千里隔重汀；
眉綻芙蓉花綻蕊，
烏雲拂月眼含星，
默默寄嚀叮。……」

——調寄憶江南。

孩子，三年後的今天，你已經修完了中學課程。預祝你——願上蒼保佑你，踏進華盛頓大學的門檻；讓我在這裏寄上我——爲你縫補的一網離情。

五十七年二月二十日

剪報哀歡

這兩天來，放下一切，把半年沒清理的報，該剪的剪，該貼的貼了。翻開書橱中一大格貼報簿，從民國四十年，到如今，整整十六個年頭。我把它們物歸其類——「傑出的小說」、「幽美的散文」、「雋永的詩」、「精鍊的方塊」、「可愛的人物」、「出版者的廣告」、「現代與古老的醫藥」……我帶着辛酸的心情，把一頁頁的鉛字，瀏覽過去：如同面對大千世界中點點繁星。

每當我打開一張報，發現我所喜愛的作品，這顆心，立刻像鼓起風的小舟的帆，那種脹滿喜悅的情緒，直如把別人孩子當自己孩子一般，剪下歸於自己；天長日久，未剪的報，便成爲心頭未了之願。只有剪之於册，私淑於己的作品，才能在這飽經風霜的臉上，展開笑顏。

好作品，我不僅剪諸册中，還公諸案頭，加圈加點，作爲座右的銘，心靈的師。還有些好作品，當自己心血來潮之時，也會勾起自己情感的筆觸，寫一篇糟粕奇文，爲編者先生奉上一粲。

我記得，第一次在中副寫稿，觸動這靈感之火的，是陳鴻年先生的「故都風物」。從那時起，便在中副陸續寫了些「故鄉舊事」與散文。而當時最令人驚心動魄的，則是朱西寧先生的「狼」，與周介塵先生的「白龍峯」，都令人留下巍峨奇突的景象。至於另一位作家——陳修雙女士的作品，也頗爲偏愛，每見她有作品見報，便引人圍觀。而這麼多年來，竟未見她的作品布之中副，有一種長亭古道，故人遠離之感。想不到，在雙十節那天報上，又剪到她一幅「一籃的友愛」，突然間，好似在鬢邊遭遇一絲華髮——啊，她又出現了！

瀏覽剪報，那些熟悉的人，美麗的文——彷彿看一個孩子從牙牙學語，到成丁長大；昔年，同時在寫作路上起步的朋友，而今都已枝繁葉茂，綠樹成蔭，至於當年牙牙學語的新人，於今也崛起毫端，叱咤風雲了。面對着鉛字拼成的鏡面，心頭一酸，直覺得「鏡裏朱顏老，白髮愁邊繞」，在寫作途中，我依舊是一個長不大的「老天眞」。

再看看十多年前，在一道「打情罵俏」的戰壕邊伙伴，大帥張、師父高，都已百戰功高，星星落到他們的肩上閃耀；有的，屬於成仁的一列，他們的英名，則與圓山英魂塚，成爲歷史的

「標高」。

剪報，剪自己的奇文，也剪別人的傑作；剪來喜悅，也剪開數不盡的幽傷。

我剪報，剪精鍊的雜文，多於抒情的散文；剪詩篇多於小說；剪「人物」多於「山川風物」。面對這些美好的作品，自有我心靈上的李、杜，與中國的莫泊桑、契可夫；雖然，中國的羅曼羅蘭與現在的曹雪芹時代尚未來到。

想起春天，讀過周春堤先生一篇「憶江南」，因一時疏忽未剪，現在遍找副刋，剪而不獲，眞是懊惱得不得了！自此，我剪報時，往往精華與糟粕兼收，輪到貼的時候，再分辨它們的妍醜。

說到「人物」，近年來剪的是海耶克、凱因斯、佐藤榮作、湯因比這些國際名角，而舞蹈家黃忠良，盲人女生柯燕姬，我也保有他們的簡傳。

最令人懊傷的是，上個月剪到十三年前，國軍第三屆英雄大會上的同寅——郭茂德小子，那時他十九歲，憑什麼「子母炸彈」、「砲兵射擊照明器」那些奇奇怪怪的東西，連任二、三兩屆英雄。郭茂德同我在劍潭宿舍是鄰床；這小子個頭小小，天庭窄窄，地角尖尖，講話時眼睛一陝一陝，望之不似大器，但是他連坐十年英雄寶座而不倒。總統府的門前石階都叫他的皮鞋磨穿了，想不到，今天他又發明個什麼「山地輕便運輸車」，這小子的發明，最少也有一百樣，一腦子齒輪與螺絲釘，這個野生野長的人兒，也是人啊！居然與工程師們同起同坐。而我這個讀書不成，百無一用，名在寫作「孫山」外的漢子，流浪半生，過的盡是沒有根的生活，面對雷馬克、海明威這些文豪，比起三十三歲郭茂德小弟，也眞該對「牆」一哭才是！

轉到剪「出版界」的廣告，就令人更寒傖了。仲父先生有「書也是財產」之說；買書吧，我的書壑難塡，買心愛的書，常因阮囊羞澀，這間小書房總難滿坑滿谷，因此，起心便是欣賞「新書預告」與誘人遐思的「書目」，翻翻書目與出版界的廣告，一則聊解「書愁」，以備借重這些識途老馬，端待有朝一日，我把它們一口氣通通買下。再者，也能端詳端詳出版界與文壇的現狀，看什麼人浮，什麼人沉。

闔起剪報，閉上無端漫出眼瞼的模糊的淚眼，心頭是一番喜悅，一股哀傷；我眞不知道這一堆廢報紙包着的，是自己起伏的生命？還是人間的離合悲歡？

五十七年一月六日

父親

我隱約記得，許多年前，爺在鄉下一間古老的小學裏做校長。常常一個人，也沒燈火，坐在黑房子裏，愛想。

就是那年寒假，爺就離開了鄉下，到城裏去了。

使我忘不掉的，那年他做縣中教務主任，我跟着他。有天早上，只聽有人在爺門口罵，那味兒就似祖父罵爺，干淨、嘹亮、沒遮攔。我說誰這麼一大早發瘋？出門一瞧，喲，不是東大街鴻順布莊的老闆嗎，他憑什麼來這兒罵？他罵誰？你說他怎麼罵？他罵呀：「你奶奶的！人要面子樹要皮呵，怎麼你住在孔廟（縣中設孔廟）裏不要臉呢？你娘死了，扯我百十四喪布，也過了一多兩春啦，怎麼不給我錢呢？想賴賬呀！看你長走了眼吧！你奶奶的，你回家賣祖塋、賣孩子，也別想賴我的賬！除非你滾出這座孔『牌坊』，就別想安穩一下子，你奶奶的！你不哼哼哪？有種的，出來講話呀！……」

爺呢，像沒他這個人。只顧寫他的，埋頭寫蠅頭小字，心理學的稿子呀，什麼的，厚厚一大本。直到那矮胖紅頭的「布細兒」，罵沒勁了，唾沫也乾了，爺還沒哼聲，那傢伙也沒人勸，悶聲不響地溜了。

「爺！剛才那個壞傢伙罵您嗎？」我臉上火辣辣地。

「嗯。」爺眼裏忽然落下一顆水珠兒。

「他憑什麼罵您？那個王八蛋！」我罵。

「不要罵人！」爺說：「我們欠他的錢，家裏又沒錢還，理是我們輸啦！」

爺的鬍碴兒，越來越稠了，二十七八的人，看起來竟像個「周倉」。

× × ×

爺的生活，沒準兒。一年不到，又帶我到上海去了。

他在靜安寺路，婦女補習學校做校長。在上海，爺倒年輕了。下巴整天光光的，眼也明亮。方稜的臉膛，高胸脯，穿起西裝，挺棒。

上海，這鬼地方兒。不多久，爺就叫一羣額子上圍狐狸皮的女人困住了。讓我想想：方瑩玉、尹芝新、林春放……這些妖精，爲了要我伏降，她們三天兩頭進貢，今兒毛毯，明兒餅干；鑽空兒，就找爺「白相」！這一窩，印在我眼上，說不出什麼障兒，就似釘子釘了一般。我看到她們，就想嘔。不管她們打扮得多漂亮，我通通反。我堅決地站在娘這一邊。我娘爲了家鄉幾分泥土香，死不出來，就讓爺捱些死女人圍困了。

一晚，爺出去，我就寫信告訴娘，說說爺的浪蕩生活。我寫道：「娘：爺來上海，不上三個月，就讓一羣狐仙迷了；看看的，也不提娘了。娘呀，您不來上海，爺就說，要同娘登報離婚啦！就說，同兒脫離父子關係啦！就，就要同一羣妖精舉辦『集團結婚』啦！娘！家有啥戀頭？再不來，爺可眞變啦！……」

寫到這兒，我仰天吐口痛快氣。哦，怎麼着？爺的臉，正俯在我頭頂上往下看，爺的連腮鬍子，幾幾乎扎到我的臉！「爺！」我猛地叫一聲，嚎出來了。爺說：「乖乖！別怕，別怕，是爺呀！好好地寫信給你娘吧！」誰知道爺什麼時候闖進來的，我流着淚，把信揉作一團，等爺第二天上班，我再弄舒展，寄給娘。

信發出去不幾天，家裏電報來了。說祖父病重，要爺帶我快回去。爺也不說什麼，打點打點，當晚十二點鐘，趕到上海北站。

我們到家，祖父已只剩下最後一口氣，看了爺和我一眼，就與世長辭了！

祖父死後，爺只是哭，整天價哭，在孝子喪棚裏，也不知哭多少天，好像眼淚哭不完似的。等祖父的棺木一入土，便尋個空兒，高飛遠走了。爺連我也不要了！

抗戰的烽火把我帶大，但是，我想念他。

×　×　×

爺一直沒消息，如石沉大海。娘恨死了他，成天嚷。娘恨他，咒他，禱告他「外死外葬」。可是，我受不了那股怨氣，我又站在爺的這一邊。我說，娘要咒爺，不如咒我，我願意代爺捱咒，可是，別咒爺。「娘！我求求您！」「你爺早死啦！你這個孝子！」娘的眼裏翻血，身上打抖，「虧你還衛護那頭沒家的野狼！」娘嚼着，咒着，也就哭了。我們娘兒倆抱着哭，風在屋角裏嘶嗚。

我同娘正哭着，宅上的大哥緊張跑來，手裏拿張紙條兒，說是城裏郵差送來的電報，爺打來的。「娘！」我跳起來，搶過那張符似的紙條兒，念：「黏兒：父一月內回家。涵。」只這幾個字兒。電報上的地點是宜昌。哦，那幾個字兒，帶給我同娘多麼大的希望！娘的臉也光彩啦，娘的嘴角上也垂了笑，我們數着太陽落，娘在觀音像前禱告，不是咒他，盼他一路平安。日子一天天數完了，那天晚上，我同娘登在大門口，朝路上望，只希望路上有個洋點兒的客商，我飛上前去叫聲「爺」！可是，我們落空了。飯冷了，夜也深了。

娘緊摀着我的胳膊，深怕我跑了似地，把我牽進草屋，一盞油燈，在破桌上，像「亂葬坑」的鬼火，跳動着。

× × ×

幾年後，我跟小爺在南通念書，爺很瞧得起他幹陸軍的三弟，信不斷地來了。那時爺在重慶，後來又在貴州都勻做師範校長。小爺把我的情況告訴了他。那時我的功課很壞，原因是抗戰，把小腦瓜兒都抗昏了。有天，小爺展開爺的信，說：那裏有我的話。我接過信來看，那是怎麼着？「黏，如不可教，成則爲王，敗則爲寇，聽其自便！……」哇！我眼前一黑，心如刀剜，血都要崩出來了。從那以後，我便不敢再看爺的信了。我知道我的腦瓜兒混賬。我也知道，我不是讀書的材料，雖然瞎七瞎八又讀兩年，那腦瓜兒反而越念越矛盾。因此，我不得不扔下書，回鄉下去「打游擊」，抗戰！一個少年，能穿上軍裝，扛槍打仗，一切的罪，包括腦筋笨，不成器，都可免了。

十八歲，我眞的當兵了，兵的生涯很豪放。

爺的影像，在我那簡單的腦筋裏，逐漸地淡到只剩個照相版上洗不出像來的浮影了。不過，越是淡得快忘光了，越是嘀嘀咕咕的想。

爺的絡腮鬍子，嚴肅的大眼，帶稜的方臉膛，運動員的胸脯……我抱着槍，登在散兵壕裏，這樣想，那就是我的上一代，我的爺。——這時，有人給我一封被風雨磨碎的信，信皮上，除我的地址和名字，別的都是空白。拆開信，第一眼看到個「黏」字，眼前的金花開始亂了。爺說：「黏：雖然你不在我的身邊，但你的行蹤，都時時刻刻烙在我心上。你的奮鬥，帶來我酸心的喜悅，我的孩子，在烽火中鍛鍊出來的人生，是何等地不平凡！……」我不知那厚厚一疊毛邊紙上，究竟寫多少話，我只記得，最後那個謙遜的「涵」字，把我的視線都揉爛了。

× × ×

很快地，到三十五年，在山東蒙陰山地，我當了排長。亞妹從南京來信告訴我，說她看到了「爺」。她說，睡在南京下關一家旅館中的爺，已經「老」了。她說她同他一起吃早餐。有許多話，她不敢問爺。從小，她有個印象，她怕爺那一臉絡腮鬍子，和「兇惡」的大眼。她說：「二爺很想念你，大哥！你奇怪吧？他說：『黏呢，在哪啦？』我說：「在山東作戰。」大哥！我也有六年沒見你了，要我說出你什麼模樣，也難。二爺要我道出你多高多大，我怎麼說呢？我只說，你長得像樹椿，他就笑裂了嘴。他要你到海軍去，你現在是海軍，還是陸軍哪？」亞妹眞憨，「海軍」能上山作戰嗎？

「二爺爲你準備了一份完善的計劃，吃完早餐，就飛到上海去了！」亞妹寫完她最後一句話。

爺飛到上海，鐵幕從他的身後垂下來了。

× × ×

每次從香港飛來一批批衝過鐵幕的義士，我總懷着一個荒謬的幻想，我希望他們的列子裏，竟有「陳海涵」三個字！哦！讓我流眼淚吧！爺！衝過來吧！我忍不了「人皆有父，翳我獨無」的歌聲，那會撕碎我失去父親的心靈。爺！黏在等着您歸來啊！

漁溪伯

隨意涉長坂，怡情詠小詩；寒烟生古嶽，殘雪壓荒祠；
鐘遠聽偏切，裘輕冷不支；前村有美酒，買醉盡餘資。

——錄自家伯父漁溪詩選

摳泥巴的年代，我坐過幾天私塾，也挨過三家村夫子們的戒方，因而我學會了寫歪詩，塡荒詞；書房的小箱子裏，裝滿了唐詩宋詞，和自選的一本「絕句」。「入世十年軍政學，閉門三友畫詩書」，是漁溪伯的傑作，它與袁枚、唐六如、杜工部，都成爲我青梅竹馬年華的友人。

漁溪伯，大我三十歲，我的童年，正當他的中年。那時我每從書房散學歸來，走過他門前，便見他搖着沉香木摺扇兒，披着杭綢大褂，在花園門口，低着頭，圍着假山直轉，嘴着嘰咕着，說不定是在吟詩，還是背他的畫稿；忽地，他會出其不意，飛起身，來一招「白鶴亮翅」，大褂兒翻起一層白浪，然後，他扔了紙扇，摘下一束花枝，便在花園道上，舞將起來，只見他舞得呼呼風起，那雙微突的眼睛越舞越突；那張白淨子臉膛越舞越黃；看起來人在千萬條花枝中旋轉，似一根活樹幹，滴溜溜越旋越快，只見花葉不見人，最後在一陣急劇的旋轉中，「呔！」一聲大喝，滿身的花枝幻影隨着急旋的人影，猝然分開，花枝已被他扔上三丈開外的屋簷！

「咳！人老嘍，工夫散了板！」他自己找碴。其實，他不過才三十六歲哪，這時，花園的拱門外，已擠滿了娃兒，看三爺舞「劍」！

爲了犯忌，溪伯在這一年留了鬍子，因爲岳飛死在這個絕數上。

溪伯生在我們青黃不接的破落戶家庭，憑着天分，啃了十年的線裝書，便一頭扎進上海的法政大學，兩年後，他出了科，不爲功名不爲利，爲的是祖宗幾畝香田，又回到老家，成天「閉門三友」，他的詩，要邁陶淵明；他的字，介乎近人鬮漢騫的雄偉與梁寒操的灑脫之間；他的畫，與家伯父璿卿同爲故鄉兩大手筆，璿卿伯擅長人物山水，他則工於魚蟲花卉，幼年的我，摸不着畫工那一套（我們不叫畫家），照大人說，他的畫，在紙上會爬。

不幸的是，溪伯生不逢時，如果現今也在臺灣，什麼壬寅畫會，什麼書法個展，什麼詩人蓮社，少得了他嗎？

這些，都是他三十歲以前的成就。至於他「入世十年軍政學」，我依稀記得，他僅僅在我們那一小撮泥土上，開過一次舘，教幾個猢猻兒，不上半個月，便解散了。說他「從政」，我怎麼也找不着影子，只有在日本人的烽火燒着了故鄉的圩門，他才「投筆」從戎，在次江伯那個團裏，做師爺，也在那時，他油印了那本「漁溪詩選」。

漁溪伯，聰明絕頂，一會百會，唯有一點糊塗，是數不上來錢，一吊錢分八下，他總逗不攏，那會氣得他黃鬍子直顫。

故鄉的才子，除了漁溪伯，次焉者的家父，十七歲才開蒙上學堂，二十四歲便出了「大夏」，當中還有一年參加了北伐。

如今，這些人，已經死的死，散的散；漁溪伯死在三十六年離亂的故鄉之夜，次江伯，爲國殉城在「老泗陽」。只有三伯海柯先生，一直在外。我那時還小，記得他從南京什麼大學回家，二十三歲便做了我們那一區的「少區長」，後來只因什麼考，把他考去當了什麼法官，沿着這條道兒，才到了臺灣，還是幹他的老行，公務員懲戒會的什麼委員。

唉，在我塵封的童年畫面上，故鄉那一小丁點的土地，「有名有姓」的人物，也只有他一個人了，在臺北，算是我們的老尊長了！

五十三年四月九日

也是鄉愁

二十五歲到四十歲這一段金色歲月，我沒有讓它在夢中空過，却讓它在病中拋撒了！我昏昏沉沉地病了十五年，時間對我是一張潑墨畫，分不清我做些什麼，或者不做些什麼？「阻止型肺結核、神經性胃下垂、氣管支炎、上呼吸道卡答兒、過敏性鼻炎、脾功能減退、輕度關節炎、中耳炎、腎臟炎、低血壓、慢性貧血、腸壓窄性便祕、心悸」患者，這是臭皮囊，在我的名下，給我太多的雅號。

像這樣多的病，總結起來，我的「內部」也就沒有什麼乾淨土了。

我的病，開始在十五年前，一個美好的傍晚。

那時，我隨軍初到臺灣。我和戰友周，正在田裏幫助附近的農家割稻。蹲在乾涸的稻田裏，我握着鐮刀，和周迅速地向地的那一端揮舞。等到太陽落山，我執着刀，剛一直腰，眼前一黑，腰上像挨了一刀，胃部猛烈地狂痛起來了。在昏迷中，我被周背回營房，躺在床上，不吃不喝，狂喊了十夜，等到病好，那條惡毒的根，便從此在我生命裏紮牢了。

那一瞬間，它使一個鐵打的漢子，變為一頭馴貓。

從此，病，便無情地啃噬着我，病，無情地在我身上製造亂源；只有在埋頭工作時，我才能忘我地興奮起來，像個人樣。但等那一陣生命的餘光減弱之後，我又如一株被刺激的含羞草，迅速地萎頓了。這便是我所有的病，加起來的生命狀態。

起先，我病得不成名堂！醫生在我的病歷上，找不到科學的臨床病例。醫生說我——對亞熱帶的氣溫不適應，體能消耗得太多，太快；除非我，換換大江以北的環境，那麼，打兩個月維他命看看吧。

就這樣，拖到第三年，在整容鏡上的我，已忘了魯南戰場上的我了！

「你又瘦了，老陳！你成了一塊地瓜乾！」朋友們猛一見，先吃驚地瞪着我。

醫生，不了解我的病，我自己，也找不出病源。但是，我一身病，却無法推得一乾二淨！

有一次，我在高雄，看著名的耳鼻喉科專家林天佑博士，我希望在他的反光鏡前，能找出我氣道阻塞的原因。我在他面前，背誦了一大段病情，他叫我張開嘴，把壓舌板壓住我的舌頭，我啊兩聲，他望着我無可奈何地笑笑！

「上呼吸道發炎——氣候的關係，沒法子治！……」

「那麼怎麼辦呢，醫生？」我聲音裏充滿哀告。

「再去查查肺部——肺沒問題，打維他命看看吧！……」

天啊，又是「維他命」！我絕望地回到防地，病，佔據了我全部心靈。如果是財富該多麼好！

從此，我陷在求名醫、找祕方，逢醫便看，見藥便吃的狂想裏。我多麼期望恢復魯南那一身筋骨？

爲了這一身病，我住過數不清的醫院，看過無數張呻吟在病房裏的焦黃面容。

我一一接受了「驗血、抽骨液、照X光、取骨髓、內臟切片、細菌培養、吃石灰水一般的鋇，……」如此這般，我被白衣天使屠宰過千百次，都感激地忍受。

當六年前，我的病已激增到十種之多，我住在外科病房，却要到內科、耳鼻喉科、胸腔科去會診。到末了，在外科會報上，替我作了如下的決定：「胃部行二分之一切除手術」。當這張報告底附件：「手術志願書」送到我手上，我咬着牙拒絕了他們！「留得青山在，不怕沒柴燒」！

如果摘去我半個胃，能保證我的健康麼？醫生的答覆是否定的！於是我請求出院，回原部隊，冒充健癒的好人。

生命，眞是上蒼偉大的創作，我的病可以作證。爲了尋求健康上百分之百的全勝，也就是說，要恢復青年時代的我，我有了帶病求活的理由。瘦也由它，死也由它！

在纏綿的病中第四年，也許是上頭點錯了卯，要派我到軍校受訓。天！當我走進軍校醫務所的大門，接受體檢時，我告訴醫生，我有病，我的胃，已沉到骨盆裏去了，誰知醫生怎麼說呀，「胃下垂？不是病！人胖了便會收上去，老弟！老美的醫學辭典上沒有這麼一科，這是『心理病』，心放寬些，少吃多餐，打維他命！……」

我絕望地向那位醫生瞪一眼，最後，只有拎着行李，到隊上，從大兵做起！

那三個月弓上弦、刀出鞘的生活，把我身上能榨出來的油水，全賠出來了！

在那裏，也因爲我的病，愛我的同學們，也送我不算太多的「諢名」；像上焉者如「甘地」，下焉者如「藥罐子」；文質彬彬如「林黛玉」，但唯一合得上我身分的，便是「恩尼」，讀過「大戰隨軍記」的人，都知道恩尼派爾多麼「瘦」，但是他沒有病。

同學們叫得我溜口，我答得也如響斯應。

在一次四百公尺接力賽舉行時，那次的比賽，關乎我們全隊的「第二生命」（榮譽），本來，教官看我慘兮兮的樣子，叫我甭參加了，但爲我拒絕。

在我們勝利在握的一刹那，我接下最後一棒。隊上同學突然看到我也接了棒，全都鷄毛喊叫的吼起來了！

「呀——甘地，你怎麼能跑啊，完啦！完啦！——這個王八蛋！……」

有人急吼，有人哀鳴，有人咒罵。我沒有在意。

只有我同舖的幾個同行同學（隨軍記者），在有氣無力地叫道：

「甘地呀——加油！藥罐兒呀——加油！恩尼・派爾呀——加——油！……」

那一瞬間，我腦子裏脹滿了血和淚；魯南戰場上的生活湧現了！在沂河兩岸，我是三十六條好漢之王；在敵人火網下，我不是端着雪亮的刺刀，挑過七個活靶嗎？在敵人鹿砦前，我不是接下對方的手榴彈，再回敬他們嗎？……在火線上，我沒有死去，死神廻避了我！從會戰中下來，在操場上，木馬「翻身跳」，單槓「廻懸上」，不是看得弟兄們傻了眼嗎？……

如此一想，我又回到昔日時代的我了！於是我心頭突然燃起熾熱的火。沸騰的血，鼓動我，所有的哀鳴、咒罵、亂吼的聲浪，全淹沒在我心上的回憶裏，像一陣無端來的龍捲風，我沒讓口腔回過一口氣，狂奔過「白線」。……

「甘地！甘地！……」所有的聲音又重新沸騰了。但是刹那間，又淹沒了！我再也聽不到同學們的呼聲。

「甘地？誰叫你參加這次比賽？」我甦醒時，在醫務所的病床上。班長站在身邊，教官坐在床頭上。我頭上頂着一個冰袋，手臂上吊着一根橡皮管，另一端連接一個玻璃容器，裝的是殷紅的血！

我被輸血了！

「我們贏了嗎？」我沙啞地問。

「贏了！」教官咧着嘴笑。

受訓歸來，我本該住進醫院去休息休息。誰知，天下還有更倒霉的事等着我。在我住過的一個醫院裏，一位白衣小姐，擇定這個當兒，投入了我這個病人的懷抱；她在我將熄滅的生命上，重新引起一股熱流，我又失去住院的理由。

三個月後，我們結了婚。生了孩子。病人，有生孩子的勇氣，不是奇跡。但我的孩子，每一個都比我壯，最小的比最大的壯，他是我初上戰場時的翻版。

看到一個個炮彈兒似的娃兒們，你眞不敢想像，他爸爸是什麼模樣？

隨着歲月的拖長，我的病也向四面八方擴展；這付老牛破車的骨架，只要動動步，便似散了板。打針、吃藥、溫灸、吞符、吃香灰，全沒用！

病，似一條無形無影的鱆魚，舞動着無數條肉臂，抓緊我。忽籠統的不舒服、牙酸、眼脹、腰疼……你說不出名堂，但是都有名堂。

在病中，除了爲孩子——自己健康的再現，沒有再活下去的理由。

爲了這，我繼續磨練寫作，除此，我一竅不通！

逢到我的「傑作」，上報，有些沒咒我死的朋友，便找着我，一對面，先罵一通：「啊，甘地——你還沒死呀！我看你，越瘦越離題啦——寫個啥？……」

「哼哼！」我只好賠着笑。「是夜熬的！」

「我看，還是找一家養老的醫院住住吧——把病看好！」

「沒有希望！」我搖搖頭。

想到寫作，我又有了活的理由。

寫作時，妻先爲我備上半打手帕，等着那一腔嗚咽的鼻水；再弄一個熱水袋，搗在我怕風的肚子上。手邊，妻又爲我準備一包鎮靜劑，在天亮前，帶開水冲下。就這樣，我常常把黑夜寫成白天！

當白紙上的鉛字，跳躍在我的眼前，十來把魔鬼的鬚鈎，算什麼呢？

——也算是病吧！在因爲它而退役前，我請求我的醫院，給我一次總的檢查。以後要當老百姓了，誰再管你這病夫的閒磕？

在檢查時，一位博士醫生詳細地爲我看個够，他也把我那一大本病歷翻了老半天，然後抬頭正視我。

「——你的病，倒是很複雜的，要好起來却也很簡單！」

博士醫生的話，我雖然感覺不順心坎，也沒心腸駁。

「你的病，離開了亞熱帶，甭吃藥，便管你的肉，飛漲起來了。鼻炎、氣管炎、呼吸道卡答兒、胃下垂，……都是熱帶的病。阻止型肺結核，不是病；低血壓、貧血、心跳，不過是由於虛弱而引起的病附庸。老弟——你的『心電圖』很正常啊！人瘦，長壽，我保證你——能換個地方療養——像大陸北方……」

我聽到這兒，心上微微升起一絲暖意。

「大陸北方——好哇！」我說，得意的。

晚間，我回到病床上，輾轉不能成眠；輾轉時，腹內拚命的傾軋，疼得我肝腸寸斷。

離開那座醫院，轉眼三年了。病，已整整十五個年頭。但是，一回想，也不過一片烟雲。不過病久了；令人煩惱，叫人懊喪。

這二十天來，病的魔影，在我身上又稍稍地加了些壓力。我擱下筆，躺在床上廻避廻避。在惱人的亞熱帶，不知道這一身病債何日清了？

「假使到北方！」我想。心頭微微升起一絲暖意。

不過，在故鄉蘇北，看看冬天的雪花，跑跑初夏的原野，這一身病，也該抖落了不少！

於是，病中，又挑起了鄉愁。咳，不，不是鄉愁！

五十三年五月二十三日

生命是奧秘的！

十七日清早，我抓過中央日報，掀開副刊，一霎眼，罩住了俞南屏那篇「一個精神病患的自白」。哦哦，那一剎那，我的心幾乎要躍出我的口腔。

俞南屏會寫文章了？我一口氣把這篇文章讀到底，可是依然不能置信。我翻來覆去地讀，越讀越感覺那不該是俞南屏之筆。可是，眞的又假不了！

俞南屏在三個多月前，從錫口療養院回家，由他的妻子扶着他，到寒舍來過了一天。那時的他，除了會叫我一聲「陳慧劍」，只是一塊石頭。我們叫他吃，他吃；叫他坐，他坐；叫他走，他走；我們把他搬到哪兒，他便原封不動，登在哪兒。他沒有意志，沒有精神，沒有自己。那是「因梭林」把他瘋了的腦神經鎮壓了，但沒有把它理清。因此，雖然吃兩年多因梭林，依然是一個活在噩夢中的俞南屏。我面對着癡胖癡騃的他，不禁從心底爲一個中國有用的英才與他那被折磨得似女鬼「畫皮」的妻子湧出淚痕。

說起俞南屏，這話該從四年前回憶。我，雖不是他生命中一個知己，但是，俞南屏夫婦，却是陳慧劍夫婦生命過程中，一對唯一的共過患難，同過生死的朋友。

四年前。我妻子的朋友、同學、知己——馬瑞初與俞南屏結婚了，於是，我與俞南屏便成爲文字交。那時，俞南屏從戰場上退役下來，編了一個時期「戰鬥青年」。但因「腦筋不靈」而離職，與馬瑞初住在永和鎮一間小屋裏。那時，我們開始通信，他的信，也像他的文章一樣，洋洋灑灑，一寫便是七八頁；但是，在字裏行間，我發覺有什麼不對勁。在信尾巴上，常常來兩句咒語般的話，使我如墮五里霧中，然而，我沒有放在心上。之後，他們搬到桃園，我們繼續通信，糾纏不清地，扯些文學上的事。在五十一年初，他在國內各報刋雜誌，還陸續發表作品，其中一篇「重遊太武山」，是五十一年春天，在中副發表的，後來又被收入「中副選集」第一輯，但直到今天，俞南屏還沒有看過他這篇文章被選入的「中副選集」。

然而，這時候，俞南屏越來越不像話了，在信上的符咒越來越多，有時，他會埋怨我句把。可是，文章却照樣發表，使我對他的靈魂問題無法置疑。

接着，一二三自由日，他的兒子——俞韻鏡生下來了，給他不少的歡欣，他又在中副寫了一篇文章，對他的妻子與公保制度，有太多的讚美和感激。

誰知，自此以後，他越來越亂，當他的妻子調職臺北之後，他終於被送到三重市一家形同地獄的精神病院。那還是馬瑞初挖空心血，才設法塞進去的。

我獲得俞南屏入院的消息，心上像挨了一刀。不久，瑞初來信說，俞南屏病癒出院了，我覺得太奇怪了。精神分裂症，能完美的出院，寧非怪事？

這次出院不到三個月，我從花蓮到臺北來，在三重市主編佛教刊物「覺世」，俞南屏也在那幾天第二度被送回那家精神病院。我見了瑞初，問她：「上一次眞的病好了嗎，那麼急出院？」瑞初淒苦地說：「這樣住下去，恐怕連家都活不下去了，不出院怎麼辦？」因此，我才知道，他們沒有錢住院。

我到三重市第一天，便帶了水果香烟去那家病院看他。我的天，地獄哪有那份髒勁？那份窩囊？如果換了我，住上那家醫院，也非瘋不可！

我屏着息，坐在俞南屏那張臭氣薰天的病床上，面對着咫尺之內餓鬼般的病患，幾步之外是矇着青天的鐵絲網，不禁打了一個寒顫！

我問醫院裏一個工友：「你們貴院是這樣的嗎？」

「嗯。所有精神病院都是如此。我們這裏還是上乘的哩！」我的蒼天！

那天，我陪俞南屏直到傍晚。以後，每隔一天，便帶點吃的來給他加加餐，和他雲天霧地般扯談。他瘦得成一架骷髏。那時，他的「敵人」是他的妻子——馬瑞初。越是她送來的東西，一概通過牆上的小洞，扔出屋外。嘴裏則夾七夾八講許多怪話。但馬瑞初依然照常來。可是有一次，剛送來的被子、枕頭，又被俞南屏扔出牆外了。一切都顯得世界是瘋狂的，紊亂的。俞南屏如此，馬瑞初如此，我亦如此。但我看穿了馬瑞初那顆心，正爲俞南屏流着血！

在當時，有一天早上，我試探着問他：「我爲你寫篇文章，報導一下你的生活好嗎？」

「你說我有病嗎！」他吼道：「你們都同流合汚，整我，謀害我。我沒有病，你們把我關進來受罪，我要出院！我要回家！」

我心裏想：「哪是你的家？俞南屏！……」

誰知，我三天沒去，忽然有一天馬瑞初來，說俞南屏病又好了，又出院了！我不信。但馬瑞初說是眞的！

過半個月，我的妻子從花蓮來看我，瑞初帶着俞南屏從南港來了。

那天，他戴着一付黑眶眼鏡，頭上有一頂寬沿大甲藺草帽。白香港衫，灰色長褲。

他們來，是看我們倆的。

我們在一起，俞南屏總是沒有多少話，顯得沉默而畏縮，尤其當他與瑞初分開的時候，他便叮着我問：「瑞初哪！我們去找她！」

「她們在一塊兒呢！」我說。俞南屏心裏想的什麼，只有他自己知道。

他們走後。我眞懷疑俞南屏的出院，是由於病好。

我特地到那家「地獄」去看看，誰知有一位辦住院的男人揪着我說：「他住院是你保的，可是他出院却是偷跑了的，還欠我們九百塊錢的舊賬……」

「他的病不是好了嗎？」我雙眼環睜！

「誰告訴你！」

「哦！」我嘆一口涼氣。錢，害了他！

俞南屏回家，登了快半年，這半年，形銷骨立，整天自說自話，日夜不停。

每一天，他同時在說一樣的話：

「……火星又向我通話了，地球快要毀滅，人類要火速設法逃避。

「……那個人要密告我，謀殺我；我又不犯罪，哦，他憑什麼？……」

如此這般，有幾個故事在他腦海裏環繞折磨。瑞初，在這個家裏，形同喪家之犬，被生活折磨得失了人形。

有幾次，我們商量，還是把他送到公家醫院，換個好一點的環境去療養，像三重埔那樣醫院，還不如地獄呢。

但瑞初有難言之隱，便是——錢！住輔導委員會的醫院呢？……

於是，經過了很久的周折，正像俞南屏在他的作品裏說的，有一天，終於被兩位警員先生，半請求，半哀告地，把他請進了「錫口療養院」。從此，算是在此「了此殘生」了！

即使是瑞初，對她丈夫的病，也沒有渺茫的希望。她是一位科班護士，這種病人在她眼裏見的太多了。這種病例的結果——都是啣病終身。

儘管一年半以後，到五十三年四月，由中央日報林星山先生首先報導俞南屏住院的消息，一曲「金門頌」帶來了廣大的慰問潮，與久已不相往來的朋友們的友誼復醒；儘管報紙上描寫他比好人還健康，如此這般；事實上，沒有人會同意這種病情的眞象，這不過是粉飾太平而已！這只有使最接近他的幾個人痛心罷了！

自從俞南屏病後，一年左右，不僅他本人爲世所遺，而他的太太，背負着比俞南屏更沉重的生命十字架——一個精神病人的太太！……而她從俞南屏病中所承受的痛苦，又有誰瞭解？

感謝上蒼，感謝菩薩。又送回一個新的俞南屏來了，我捧着他的作品狂吻。水準一點也不差嘛！

我夾着這份報紙，便趕到南港——他們那一間小屋的住所，由瑞初帶我上了小山坡，在那間小屋前，見到在門前散步的俞南屏，他胖得像李冠章。戴一臉愉快的充滿生命光輝的笑容，迎接我。

「這是你的文章！」我抽出報紙。「水準一點也不差嘛！」

「眞像做了一場噩夢！」他笑中含着辛酸。「我還在吃藥呢。那次到你家，我的身體沉重得像把鎖鎖着，難受，痛苦。」

「你看，」他又說：「詹吉辰這種藥，居然把我的病趕跑了！」

從前，我們在俞南屏面前從不敢提起一個「病」字，現在，他自己親口提了出來，我們也不再怕了。

我問他：

「去年在錫口療養院，許多記者，許多文藝界朋友，許多政府人員去看你，你記得嗎？」

「記得。」

「是什麼情形。」

「啊，不知道。我知道他們熙熙攘攘地到醫院來，模糊的一溜風，誰知他們來幹什麼？」

「那便是專爲你來的。你是金門頌的作者。」

他笑了起來。

「我該工作了。」他說。

「慢慢來。」我勸他。「你這篇自白，是一個長篇的縮影。等一等，把它寫出來。」

他的家，突然從兩年前的冰窖，恢復一屋青春。不該感謝上蒼，感謝生命，感謝誰呢？

五十四年二月十九日

白梅芙

一

天上流着雨絲兒，厚厚的灰雲，壓在頭上。傍晚，我們溜進倉房，爬上裝麥子的摺子，坐在麥子裏玩。

隔一層蘆笆子牆那邊，嘰嘰咕咕的，有人說話。

「你聽你聽，那是誰的聲音?」我撈着一雙軟似綿的手兒，悄悄地說。

「這年頭呀，就出了妖嘍。這麼大的鬼頭娃娃，也要『亂愛』嘍。你看陳家那個燒不熟的『少保』，成天急吼吼、眼巴巴的，恨不得把芙兒活活地吞嘍。要是我呀，我眼裏纔藏不了砂哪，他那配呀，三姑娘！我看哪，你還是出個主意，把她送走吧，讓那個小子死了這條心，也就是啦。」

「唉，大舅母！也眞虧您好心吶，可是呀，把那丫頭送城裏去，也是我心事啊！城裏有她的鬼媽媽，要送她城裏去，她變了心，就不跟我啦。咳咳！咳咳！鬼丫頭，人小心眼兒大，上年纔十四歲嘀，怎麼同陳家的鬼混呢？——正月裏，我倒跟她合過八字，看同陳家的配不配，天吶，張鐵嘴，一口咬定，十五的丫頭，十七的小子，做也做不的，一條青龍，一隻白虎，犯喪呵！張鐵嘴他講呀，這就叫『龍虎鬥』，『三姑奶奶喲，這門親事做也做不的，別叫您家大姐兒守空房吧！』唉，大舅母！人家小子除了那付饞相，小伙兒也不壞呵！白白淨淨、高高大大、斯斯文文的，也只是他家窮一點子罷啦。」

「三姑娘！你說你說，你說陳家的『少保』，能配上大姐嗎？哪裏話？哪裏話？別他娘的鮮花揷在牛糞上，癩蝦蟆妄想天鵝肉吧！我說那孩子野呀，今兒要幹中央，明兒要上阜陽啦，那臉皮兒嫩，心眼兒可了不的嘀！……」

「這不是你媽，同你大舅母嗎？」我能聽出來，那是兩個女人咬耳朵，深怕人偷聽她們的私話。

「我的媽？」有一個食指尖兒，按住我的嘴巴，「小聲些，哪裏是我的媽？」

我們不玩了。朝跟前湊湊，擠攏點兒。

「別講話。」她的嘴唇對我的耳門子，熱呼呼的：「她們說我們的鬼話哩！」

我們幾幾乎停了呼吸，四隻手摟得緊緊的。

「我說，他大舅母！不是您提我，我都忘了！那小子，你說怎麼着，他還要拐我丫頭上阜陽呢，天哪！」

只聽那邊房裏，拍地一聲，一掌打在床框上，「我說的，一千個不假，唸過洋學堂，灌過洋水的孩子，有幾個周正的喲，我說他三姑娘，那孩子怎麼拐呢？」

「嗯，那還是芙兒告訴我的，我猜八成有九成是那個小子出的壞水兒。」——那邊有什麼東西在地上敲，像烟袋窩兒，朝地下磕烟核兒。——「有天晚上，我們娘兒倆，在房裏烘火，起先鬼丫頭『陳大哥長，遐林短』的，先讚美老半天，後來，才轉彎抹角兒的，囁囁嚅嚅兒的：『娘啊！』我心裏頭一怔，不好啦！準他娘的不是好話；可是我也得聽呀！我說：『有什麼事，你儘管說吧！』她這纔言歸正傳：『陳，陳家的大哥，是個好人吧？』這個鬼丫頭就愛弄心眼兒。『唔。』我心裏磨算，好又怎麼着？壞又怎麼樣呢？『娘，陳家大哥，要上阜陽啦！』好似那小子要飛了一般，她那麼窮緊張！『上阜陽就上阜陽，人家是人家！與我們啥相干，丫頭家？』『嗯，大哥講，他要上阜陽唸書去，——你可去？——大哥講，這年頭兒不唸書，怎麼算個人呢？娘！』我眼一瞪，臉一沉，聽她大哥大哥，叫得我提心弔胆喲，就煩。『大哥，誰是你大哥呀？我說人家是人家，這麼大的閨女，還要臉嗎？』她挨了罵。我只道她不作聲，也就算啦。——那爐子，一盆通紅的火，映在那張臉上，多惹人疼啊，白裏透紅，火裏噗啦噗啦直響。怎麼？鬼丫頭淌眼淚啦。楞半晌，你聽她怎麼說：『娘！我要跟陳大哥上阜陽！』『你嚼啥？』我喝一聲，『同人家親不親、鄰不鄰，姓白的跟姓陳的上阜陽，算是哪一碴？我不准！』您說鬼丫頭多强，她把火鉗子一摜，『我硬跟姓陳的上阜陽！』『你上阜陽？』我想，別逼瘋了她。我說：『你上阜陽幹嗎？』『唸書去！同他在一個學校裏唸書，有照顧！』『哼！我說你這個鬼丫頭，你不怕人家賣了妳？』我派她裝一袋烟。『誰？逷林會賣了我？』她傻笑笑，好像她情願叫他賣了似的，只氣得我牙疼。我沒好話說。『人家要拐你呀，你媽媽的腦袋！』我舉起烟袋窩兒，敲敲她的頭。『您別罵我的媽！』那鬼丫頭，永不能忘了她媽媽，她大舅母，這眞傷了我的心啦！……』

隔壁的聲音，突然靜了下去。

二

「梅芙！」我對準她的耳朵，「她不是你的媽？」

「她不是，她是我娘！」梅芙臉上濕漉漉的，是口水還是淚水呢？我舐舐，又苦又鹹。

「娘不是媽媽？」

「我的媽是媽，娘是娘；同你不一樣。」

「我的娘就是媽，我們姓陳的娘都是媽；爲什麼姓白的娘就不是媽呢？」

「嗯。」梅芙抽口涼氣，「我的媽不是娘，娘不是媽，我的媽是白家的二房！」

「噢？」我忽然憬悟。「那你媽呢，你爲什麼不跟你媽？」

「我爺死了，你知道嗎？我爺死了二年，我媽就瘋啦。不，有點兒像瘋，是傻。她怎麼知道疼我呢？——哦，誰知我家的大房，那就是她——」芙牽過我的右手，往牆上戳一下，「等我爺死了，家產就全歸了她，你看她那兩個黑眼圈，像畫眉一樣，再配上那雙夜貓子眼，多狠！她連一分地也不給我媽，我媽怎麼活呢？男人一死，她什麼都沒啦！」

「妳聽聽，那邊又講話——」

「別理她——離遠點，你說她出什麼鬼花樣？」

「難道她把你媽賣啦？」

「那她敢？姓白的不活剝了她！她出的主意比這還狠。她有一天告訴我媽，那時我媽還好好的哪。她說：『二娘哪！這晚她爺也死了，我們家產你也都知道，只落這幾間瓦屋，和幾頃繭田，唉！』她好像受了天大的寃枉似的，那口氣嘆得人心寒，『我又有這身富貴病——』癆病呀，她整整害了三十年，成天咳咳嗓嗓的。今年她五十一，活了大半輩子，吃鴉片膏子，打嗎啡針，……什麼歹事不幹？」

「你怎麼知道？」我抓緊那手兒，眞柔，眞軟。

「我怎麼不知道？受的罪可多了！你看她疼我疼似心肝兒，那全是皮疼肉不疼，隔層肚子，她的心又那麼狠，怎麼會眞心哪！——要是我親媽媽，我們上阜陽，那還用得着磨嘴皮、傷腦筋嗎？——剛才我說到哪啦？噢，你猜她怎麼樣？她對媽說：『二娘！我給你五畝肥地，兩間瓦房，還有一個老嬷嬷侍候妳，叫梅芙跟我吧！』

「那你媽怎麼願意？」

「當然她不願意，不願意又怎麼辦？她勒緊你的肚子，你不給也得給呀！」

「老天哪，我說，她有點像誰，讓我想想？」

「不管她像誰，她用麥子整我媽，直到我媽答應把我讓給她，她纔供給我媽那份口糧！」

「你怎麼願意呢？——那隻大母猴！」

「那我怎麼不願意，我媽沒飯吃啊，爲了我媽，我也只得跟了她，像親娘一樣。我那可憐的媽，有了飯吃，可是失了我，還不瘋？……」

芙一頭扎在我胸口，我摟住她，也不知哭到多晚。

忽然，牆那邊點起燈來，接着一陣刺耳的尖聲尖氣的大笑。

「大舅母啊！你主意眞妙，要是這麼一着，那個小野種不死心，也死心啦！」

「從去年啃，躲鬼子反，到莊上來，也不知是神差，還是鬼使，叫這一對寃家，跑到一起去啦。我也眞老糊塗，現今世風也眞澆漓啊，沒出娘胎的妞子，也知道找男人了！婊子養的，他媽媽是什麼貨，她是什麼貨！

「更叫人懊恨的，是那個『左不住』，那老冬瓜，你教書啃，也要教出個樣兒來！可是他倒玩不過陳家的那個婊子養的；那間書房，白供了大成至聖先師的牌位，叫兩頭野狐狸，在裏頭興風作浪，當窩家。

「哼！他還說，那個姓陳的小白臉兒，什麼『蛟龍出雲雨呀，終非池中物！』只爲了一篇什麼八股子時文，就把他捧上了天！好像先生就讓他當啦。那個左老頭，只是孔夫子的『牌位』，不管事兒，鬼丫頭也就愈來愈不像話啦。我聽說，大舅母呀，我怕不會出了什麼『事』兒吧？……」

那個大舅母，也不知怎麼嘰咕的，沒聽淸。

「嗯嗯，這眞得看住點兒了，誰往那上頭想啊！」

「想什麼，梅芙？」我接過話來插口問梅芙。

「那是他們嚼舌頭，亂想，可不是我們，不是嗎？」

「嗯。」我糊塗。

那邊聲音又傳過來。

「他們有記號，三姑娘！你小心呵，他們『弔膀子』，你得看着芙兒的眼，那雙眼跟活水似的，它一動，就有了故事兒，嗯，芙兒呢？」

「芙？」我推推她。

「梅芙呀！」牆那一邊針扎似的叫起來了，「你死哪去啦，天都黑一會兒啦，還不回家嗎？——準他媽的出了故事啦，大舅母！」

「準他媽的出了故事兒啦！」那大舅母，重一句。人啊，却胖得似脂肪球。「準是嘍！」

「別理她！你裝着沒有她！」芙說：「可是，她們要整我們了，我們怎麼辦？」

「我們只要一條心，不管她出什麼花樣，梅芙！你說你是姓陳的；我說我是梅芙的——就這樣！」

「嗯。」芙把手伸上來，鈎住我的肩膀。

「她說什麼都是假的，只要你拚死拚活，我去叫我娘來，『相相』你，我們來相親，好不好？」

「嗯。」

「可是，她爲什麼硬從你媽手裏搶過你來呢？」

「她爲什麼搶我？你還不知道，我家有十來頃麥田，一片瓦碴子；——她要的是錢，我爺沒兒子沒閨女，她又不養，只我一個兒，她怎麼不搶？還不懂嗎？」

「哦？」我差點兒摔下摺子，「我娘來我大娘家，我通知你，來啊！讓我娘看看，看中了，天老爺！我就有了你啦！」

「嗯。」芙有點兒高興，我張嘴的當兒，好像有甜甜的唾沫，放到我嘴裏。

三

我們偷偷地溜出她大舅母家倉房，我回到左首邊門裏去，她從右邊拐彎，假裝着從大門外摸黑回家。天色黑糊糊的，誰也看不清誰。

隔了幾天，她大舅舅過我們這邊玩。這個大塊頭，對我有幾分欣賞。

去年冬裏，也是他先講的。

「唉，你同梅芙倒是一對兒，我跟你作個媒兒，怎樣？」那雙瞇縫眼，長在沒邊兒的大臉上，笑起來，只剩了一條線。

我說：「那怎麼敢呢，大爺？」其實，我心裏在說：「你快點兒吧，我的大爺！我花錢還請不到你呢！」

「好！我說說看。」

果然，不到三天，他沒進我們家大門就嚷：「遐林哪！恭喜恭喜！白家的姑娘姓了陳啦！哈！哈！哈！我們都管她叫陳姑娘！」

「眞的嗎，大爺？」我揉揉眼，看看天，「那我要告訴娘，讓她來看看媳婦兒。」

誰知，這事兒剛好傳遍村子，因爲接着過新年，鄉下人都愛抱着孩子登在大門口，邊晒太陽，邊讓瞎子嚼幾句鬼話。就是正月初三那天，來了個張鐵嘴，叫他圈住了白家的老婆娘，硬要算算梅芙的命！白家那老婆娘嘴裏含着長烟袋，叫梅芙坐在她脚邊，那股子親熱勁兒，別人要不知道，眞道梅芙是她肚子裏養出來的。可是，誰知道，她們正在玩着「嘻皮笑臉」的冷戰？

張瞎子，天干地支，子丑寅卯地唸一陣子經，也不知白家的從哪兒弄了我的八字去；同梅芙的八字，一合，張鐵嘴硬說是「龍虎鬥」，可把那個假娘嚇昏了頭。那天我藏在門後頭，聽張瞎子一陣子胡說，只氣得我炸了肝，我眞想奔上去揍斷他的狗腿！

梅芙的大舅，從此再也不提這回事兒了。碰巧看着我，就像害牙痛症，張不開嘴來。可是你不提也好呀，你也叫人留個念頭！

今天一進門，什麼不說，先抓住我的手，就嚷：「遐林哪！白家大姐不姓陳啦，人家大姐姓了臧啦！俺們都管她叫『臧大姐』！」他竟專爲傳播這條「死訊」而來的！

「這是怎麼講？」我揪着他領子，「大爺？」

「這，這，這你還不知道呀，人家梅芙早許了城裏臧大戶兒家做媳婦兒了，臧家那大少爺，十七八歲，長得呵，多毛呀，人家的市房呵，有這麼幾十棟，黃河灘上的麥田，有這麼百十頃，遐林啊！死了這條心吧！人家的牆角也比你山溝多呵……」

「我怎麼沒聽說過呢，大爺？那個姓臧的，是不是做日本人鎮長的那個漢奸？」

「唼！」大爺搖搖他沒頦子的頭，「那怎麼說是漢奸呢？人家也是清白人家呵，人家爲了城裏的老百姓，做個鬼子的鎮長，又算了啥？」

「你說得好！如果中國人都去做日本人的走狗，說是爲的中國人，那我們還抗個鬼的戰？我們這兒的年輕人，都往鐵路西跑，到阜陽去，到後方去，又爲的啥？爲什麼不登在家裏，進漢奸的學校，何必千里迢迢上阜陽呢？」

嗯，大爺嘴啞了。

「騙人！騙人！騙人！騙不了我，大爺！誰教你這一套？」他不是我的眞大爺，我訓得他眼珠朝上翻，牙骨兒打轉。

「眞，眞的！遐林！騙人就是孫子，好不好？騙人就不是人揍的！」

那沒邊沒稜兒的胖臉，掙得像一塊整猪肝，我算準了，是他的「娘」，教他的！

不幾天兒，這消息，傳遍了全莊。走到那裏，那裏就盯着我看。事實上，梅芙是我的，誰都當歌兒唱：「小花鷄兒，跳高臺；遐林等着了梅芙來，吃一碗可口飯，穿一雙可脚鞋！……」現在，這隻歌兒，漸漸地不流行了。

還有個壞消息，就是說，白家要回城裏去了，她娘要爲她安排，同姓臧的兒子辦「手續」，換八字兒。

我急得像熱鍋上螞蟻，同我大娘商量，怎麼對付這種「戰爭」，我大娘愛梅芙，比愛我還狠些。她說梅芙能做了她的侄兒媳婦，死了也心甘，這就是說，梅芙是怎麼個惹人愛的妞兒了。

「遐林哪！趕快接你娘來，讓她相相，相中了——」大娘突然愣住了。「姓臧的那邊，能打散了他纔好！」

「大娘，那全騙人！」我把我同梅芙聽到的鬼話，全告訴了她。大娘點點頭。

我同梅芙，一年多的經過，只有大娘放在心上。

「不過，還要看你娘啊！遐林？」

「嗯，這要看我娘，我這就叫人去帶娘！」

四

我捎了一封信，給五十里外留在淪陷區家裏的娘；又捎一封信，給我一個朋友，叫他牽着驢子，送我娘來。我有天大的事，要等着娘商量。

第三天晚上，我的朋友就牽着家裏那頭驢兒，把娘帶來了。

娘到了大娘家，跟自家一樣。我們還沒分家。我娘又跟大娘一樣，忠厚、懦弱、好心眼兒。只是娘，我說不出她比大娘多出一股什麼脾氣，她要做什麼事兒，別人永遠幫不上腔；她看不順心的事兒，也一直會記在心上。

把娘安排好，到了第二天，我就叫家裏的小丫頭，偷偷遞個信兒給梅芙：「娘來了！梅芙，天老爺保佑我們！」

我看梅芙是不是有膽，衝出她娘設的天羅地網。

果然，三分鐘後，梅芙從她大舅同我大娘家的後園子牆上，爬過來了。她身上穿的短衫褲，花府綢的；頭上打兩個蝴蝶結兒。個兒看來嫌矮些，可是她臉皮兒眞嫩，眼兒眞美，腰兒也眞俊；怨不得我大娘說，她要是男人，也愛。

我走出去，把梅芙帶進屋。這孩子，大娘眼裏，眞是仙子也比不上！

娘坐在屋裏椅子上，大娘笑嘻嘻地，伴在一旁。妯娌們，邊聊邊朝外頭望。

大娘已告訴過娘了，讓娘來相相媳婦兒。

我說：「梅芙，這是我娘！」我把芙引過去。

芙說：「娘！」鞠了一躬，叫得多甜哪。

可是娘呢，身子也沒欠，眼也沒抬，臉傾在一邊。

大娘說：「梅芙，怎麼恁久沒過來玩？」

芙說：「自從鬼子那次來後，左先生走了，沒書唸。在家裏幫娘做點針線什麼的，沒閒。」

「噢？你也是同我們遐林一樣，唸古文觀止吧？」

「不，我唸詩經，帶唸孟子；到古文觀止，還差一步兒。」

「噢？」大娘多慈愛，一逕兒找閒話同梅芙聊。

娘呢，看梅芙同大娘聊，就用眼尖兒瞄她，然後再瞄瞄我；就把眼闔上了。

直到梅芙說家還有事兒，向一圈子鞠了個躬，退出去了，娘這纔睜開眼。

娘說：「這就是白家的閨女嗎？」

「她就是。」我察顏觀色，望望大娘。「娘！您問問大娘，看她怎麼樣？她多溫順！花呀，草呀，什麼都能綉；鍋上，鍋下，也內行兒；唸起書來，又順耳。那一手字啊，比兒還强哪！」

「那不成了一朶花兒了嗎？」娘說，臉像一塊冰。

「花？哪有她好！」

「什麼？」娘的眼陡然睜得滾圓，手指着我鼻子，「你這個忤逆兒，你還駁娘！你也沒看看，她也配做我的媳婦！你娘是糊塗的人嗎？我早就知道你在這兒同她胡鬧了！掄了書不唸，整天鬧學兒；你以爲我不知道？她是不是『二房』養的？我能要個『小婆子』養的閨女做媳婦兒嗎？」

「哎呀呀，娘！」我眼裏直冒火星子，「大婆子養的，同小婆子養的有什麼兩樣？難道大婆子能添出一朶花來？兒是娶媳婦兒，又不是討她娘！娘哪，這是兒娶媳婦，還是娘娶媳婦兒呢？」

「你這個混賬！難道娘養你這一趟，連這個家也作不得主了麼？這哪還有天呢？你這個無法無天的逆子，我說的就算啦！我偏不要她！隨你的便！」

「我說他二嬸子！」大娘看我同娘翻臉，就安慰娘：「娘兒倆纔見面，有話好商量，白家的妞兒也不錯啦，你先歇歇，遐林哪，你也不要忤你娘，也不小啦！」

「唉！」娘咬着牙，鐵青着臉兒，「他大娘，這孩子，你光看他個兒這麼大，心眼兒纔呆呢。他也沒瞧瞧，白家的怎麼能同他配呢？一個傜麼高，一個傜麼矮；哎呀！這丁點兒的小妖精，就天不怕，地不怕，敢讓人相，怎麼不知羞恥呢？小婊子兒！」

「小婊子兒？娘莫沒遮攔，亂罵！人家沒犯罪呀！」哦，梅芙無端挨罵，眞似有一把鋼刀，戳進我胸膛。

「我偏要罵！小婊子兒！小婊子兒！勾引男人的小婊子兒！」

娘怎麼的？怎麼變成這樣不通理呢？大娘勸，她的心如鐵石一般，就是梅芙殺了我，也不過如此啊！這兩個同樣愛我的人，怎麼這樣不能容呢？

「唉，他大娘！」娘又呱啦起來，「那妞兒多麼小啊，只拄他腰眼兒，似個小花鷄，能養出什麼好兒子呢？能養出什麼大個兒孩子來呢！要不是爲了兒子，做娘的，又費的那門子窮心思呢？說來說去，還不是爲的你嗎，你也不想想，娘養育你一趟子，只盼你娶個好女人，生個胖孩子，娘也就心滿意足了，就憑她，能養得出來麼？」

娘流了淚，我想想，娘的話，還有幾分理。

我說：「娘！我怎麼敢忤逆娘呢！兒不過說，梅芙我是看中啦！她纔不過十五啊，她還有得長呢。她也沒老啊，娘說她個兒小，她不會長嗎？」

娘說：「我可看不中！就憑她那付長相？不是你叫娘來這兒商量的嗎？娘相不中，娘沒話啦！討個比她俊一百倍的媳婦兒多得很，非得她嗎？也眞傻，唉！」

在娘的眼裏，我配了梅芙，就像毀了這塊材料似的，娘眼裏的梅芙，眞是這麼醜嗎？

「我不是說，梅芙是天底下，挑着燈，找不到的美人兒！我是說，只有她，纔合我的意兒。別人再俊，有什麼用呢？娘能找個比她更俊，比她更合兒心的嗎？」

我想想，惹娘生氣，豈是做兒子的道理？同娘吵翻了，挨人罵的，還是你。「爲了個女人扔了娘！」就是那個小畜生！

娘的氣倒消多了；臉上的怒雲，也褪了一層，同大娘聊起來。

等一會兒，怎麼跟梅芙講呢？這個結總得解開。我眞恨沒有長一張共產黨的嘴巴，把死人能說活，把活人能說死啦。

娘笑哩！手伸進大襟子裏，摸老半天。

「呀！掉嘍？」娘自言自語的，忽然急起來。

「什麼呀，他二嬸子？」大娘的臉色，一直同我一樣，凄風苦雨的。

「噢？」娘在大襟裏，沒摸出什麼，又把手伸到腰眼，掏出個盒子來。「在這兒，我道丟了，那纔對不住人哪！」

「什麼呀，他二嬸子？」大娘悶在葫蘆裏，望着娘。

「您瞧！——大娘！多虧您照顧啲，遐林哪，在大娘家，要聽大娘的話！你今天也交十七啦，……」娘開心起來了，多奇怪。

大娘從娘手裏，接過那方方的盒子，打開，這麼縐着眉，一看，本來多病的大娘，臉色够黃的，看了那盒子，顏色更黃了；眉尖兒鎖得更緊了；頭也不自主兒的搖起來。

娘笑裂了嘴，「怎麼樣？大娘，比這個强吧？」

大娘不講話，抿着嘴，搖着頭兒。

「那自然比這個强！」娘自言自語地，「我愛這個。嗯，那自然比這個强！」

「什麼東西？」我奇怪，跨過去搶那盒子，娘伸手把盒子攬過去了。

大娘的眉毛縐着，苦惱着；不知在可憐誰？還是傷誰的心？望我發呆。

「來！」娘說：「我拿給你看，這邊來！」

我轉到娘身後，呀，那盒子裏，竟是一張相。幾個大丫頭，堆在一塊兒，笑得前翻後仰。

「哪，就是中間那個；黑褲子，白衫兒；梳兩條大辮子，高高大大，一雙甜蜜的大眼兒，多出色！多出色！」

「大洋馬，娘！這幾個大丫頭的相，哪來的？」

「別胡扯，人家哪什麼洋馬洋驢的？這個姑娘，要養兒子，纔像個樣！」

「這個丫頭是——」我一怔！

「人家上中學嘍，嗯。怎麼樣？同白家的較量較量！」

「無緣無故的，爲什麼要較量？邊也沾不上啊！」

「我要你端詳端詳，看哪個俊？哪個更可人兒？」娘一直沒合攏嘴。

「娘要我同誰較量？同誰比呢？我眞糊塗！」

「當然要同那個姓白的妞兒比！對娘，說實情話！」

「娘！要讓我說呀！也許，那相上的丫頭漂亮，可是，可是，……」

「可是，乖乖兒！」娘接下去：「娘今兒來，就爲了這張相，你相相看，這妞兒，人家纔挑着燈兒，沒處尋呢！可答應了吧！娘回去捎個信，告訴姑太太，我們陳朱兩家的親事，做準啦！嘿！嘿！嘿！嘿嘿嘿！這纔是個乖兒！……」

「哎呀！娘！您可苦了我了！……」眼前一黑，還沒看清是什麼顏色，一頭栽在門上，又撞回來，便往門外奔。這一口氣，也不知奔了多遠，出了村莊，越過一片麥田，倒在一座孤墳邊。

五

四月初夜的月牙兒，鈎在藍色的天幕上。麥田裏的夜風，還是刺骨兒寒。麥浪從墳的邊上，衝向沒邊涯的原野。點點的繁星，開始向大地的燐火挑戰。

我說：「芙！這一下子我們完嘍！你娘既瞧不起我這個窮小子！我娘也看不上你這個媳婦兒！爲了叫我們上一代能收回她們那一代所受的寃屈，就讓她們開心吧！」

我說：「芙！你這個早熟的鬼丫頭，還不够十四歲的小女人哪，你就懂得了愛；你就死死的，抓緊它！除了姓陳的，天下的小伙兒多得是！可恨哪！」

兩個蝴蝶結兒，在風裏招展。軟緞兒似的烏雲，覆在頭上。有一對天眞、吸人的精靈，藏在你水晶宮後方，這個滿樹梨花組成的大妞！

沒事兒，是你發明的——吐唾沫玩。鬼丫頭，一吐吐得我滿嘴滿臉，還說這是蜂蜜兒糖，這沒人玩過的玩意兒，我們都玩。

你說，我們是投降呢！還是「焦土抗戰」？

我們多麼感謝鬼子們，把我們趕到游擊隊住的鄉下，讓我們在一塊兒玩。可是，現在我恨他們了，那群野獸，把我們趕到一起，又爲什麼不早點把我們趕散呢？早點兒拆散，也還受得了！

現在，是太晚了！

哦！爲什麼不摘了兒的心，拿去下酒！娘？

× × ×

天色還沒亮穩，寒氣凍醒了我，趕回大娘家。

大娘的房裏還有燈光，我敲敲門。

「大娘還沒睡嗎？」

「等你哪！跑哪兒去啦？可叫大娘焦燥死了！」大娘開了門。

「娘呢？」

「你一走，她就回去了！家裏要人照應！」

「娘怎麼說？」

「這一夜你怎麼過的？」大娘說。

我忍不住掉下一滴眼淚。「住在麥田裏。」

「乖乖！整整地脫了一層皮！」大娘深深地嘆口氣。「你看你熬成這個樣子！梅芙知道嗎？」

「不知道！」

我的臥室，同大娘正對面。我開了房門，坐在床上。太娘搬張椅子坐在堂屋中間。

「要是梅芙知道，你怎麼說？」大娘苦惱着。

「沒法子說！」我搖搖腦袋，像鉛球。「大娘，我要病了！」

大娘聽我說要病了，猛吃一驚，趕快跑過來，伸手按在我額角上，「呀！滾燙滾燙！」

「是受了寒嗎？」她隨手點起了油燈。

「誰知道？」我拉條被子蓋上，「叫梅芙來，大娘，快找梅芙！」

「呀，孩子！你千萬別把這事兒存在心上，你娘有一天回心轉意了，還會順你的意！」大娘說。

「不會！」我喉嚨如刀割，「娘的脾氣我知道！除非我死了！」

「別亂說呀，乖乖！」

「要您是我的娘多好！」我的眼淚直流。大娘的眼圈兒也紅了。

「孩子！別叫人傷心了！要是你大姐底下有你這麼大的兒子，我纔如意啦，乖乖！」

「大娘！娘交代什麼？」

「等你退了燒，慢慢說！」

「不！不行！不要等我死了再說。大娘，我要死了！——快去找梅芙！」

「好！好！」大娘回房去，摸索一會兒，拿出一口小銅鍋，把它架在磚頭上燒。

「燒什麼？」

「燒幾個油煎蛋，加點兒葱薑，給你去去風寒。發發汗，也就退燒了！」

大娘家裏也有個「小娘」，同大伯住在前邊耳房。

「娘怎麼說？」我急了！

「唉，別提！」大娘捏着鍋耳朵，把鍋伸在火上，油在鍋裏煎得吱吱響。「可是，說了你也別苦惱！」

「我不苦惱！」我太苦惱了！

「你娘說：『等遐林回來，煩大娘交代他，事兒就這麼定了。假如他要硬愛上姓白的女兒，我也沒辦法，那就讓他愛吧！可是她永遠不能歸我的家！要是他聽我的話，娶朱家的大姐呢，過些時就回來，大娘呀——只要孩子娶了媳婦兒，哪有不聽媳婦兒的？……』你娘也眞讓你氣瘋了！孩子，你也該讓讓步，氣死你娘，你也不好過！你自己氣傷了身子，你娘也活不了！唉，活人眞叫難過！」

「梅芙呢？」

「我叫丫頭叫去哩。這一小鍋蛋，你趁熱吃，好塡塡受寒的肚子！」大娘把蛋端到我床上，我的骨頭散了，直不起腰來。大娘便餵我。餵不到兩口，就咳起來了！

×　×　×

梅芙來了。

走近我床邊，坐在放衣服的椅子上。她同大娘一樣，先伸過手來摸我的頭。

「怎麼搞的？發燒了！」

「受了寒。光是想咳，喉管子癢！」

「你怎麼這樣不小心呢？——」

「芙！」我把她的手拖過來，靠着我枕頭。

她突然知道有什麼事兒發生了。

「事情變了卦，是不是？你的娘呢？」她用力撼我的手。

「娘走啦！」

「我配不上你！我的命薄！」

「你爲什麼說這樣的話？梅芙，不要挖我的心，我要死——」

底下的話沒讓我說完，她連身子倒下來，壓住我的嘴巴。滿頭的長髮膠着一臉的淚水，覆在我的額子裏。

「你娘究竟怎麼說？」

「我以爲我娘聽了我的話，來這兒相媳婦兒的。誰知——她却帶了一張大洋馬的相片兒來，讓我相！她說，就這麼決定了！這個結局，誰能相信？」

梅芙癱軟在我的懷裏。

「這個結局，怎麼能叫人相信？」我重複着。

「我娘也說，」芙好像想起了什麼重要的事，搖去她臉上的淚水，堅強起來，「過幾天，我們要搬家了！回城裏去！」

「爲了安排你同那個姓臧的孩子訂婚？」

「不！爲的是拆散我們！那回事兒，都是騙人！」

「我希望我的娘也是騙人！」我眼前浮起一線曙光，「我希望那四大洋馬是假的！」

「你娘的話是眞的！」芙說：「我一見了她，我就知道完了！」

「我們都是孝子賢孫嗎？」我說。

「我不是的！」芙說。

「等我十年！梅芙，妳能嗎？妳走後我也走！十年後，我們再見！」

芙偎在我懷裏，這句話是她唯一的安慰。

房子裏沒有一點聲息。

「抬起頭來，芙！」芙把頭仰起來；再落下去；落在我的臉上，兩張臉重複着。直到陽光透過窗子；芙矇着頭，沒有說一聲「再見」，走出去了。

六

芙，你在何處？
我從大後方回來，踏破鐵鞋，也尋不到你的影子。爲了你，我幾乎糟蹋了幾個女人的青春，
只因爲她們全都無法代替你！
哦，梅芙，鐵幕深垂，你在何處？

我的秋天

人生一過四十，好比一年季節裏的秋天。半生讀書不成，落得個百無一用；時間的白塵染汚了兩鬢，夕陽無限好，一轉眼，江南秋老矣！

而人生旅程，並不像臺北到基隆的「麥帥大道」，直達車一放到底。假如能這樣單純，倒也罷了。

這件事發生在前年冬天，新加坡大學中文系，有一位女生突然給我來了一封信，她說：在圖書館裏，看到我十年前舊作「鎖靈記」，她非常欣賞書中那位角色的人生觀。

她說：「我同你的見解竟不謀而合，所不同的是你用筆把它寫了出來，而我，却用心去印證。……」最後，她付來兩塊叻幣，要我寄給她那本書。

我看完信，淒然一笑。「何必認眞！」我說。我心已老，對自己的舊作，也不期以厚望了。我在覆信中，對她的見地沒有置喙，原因是我對自己當年的見地，也無法了解？寄一本書給她，僅爲履行那兩塊錢的義務，如此而已。再者，自老妻去世後，心如死灰，中年喪偶，又丟給我三個孩子，此心之苦，非個中人不能體會。也因此，準備等三年五載，對孩子的仔肩已卸，便遯入空門，還我久已心儀的宿願。

寄到新加坡的信，似一片天際消失的雲，心上沒有再留痕跡。誰知，過了不久，那個署名「西瑤」的女孩子，又來信了。她說她懂得一點佛學，她在我的書上，也嗅到一些「苦空無我」的思潮；但是，她不信佛教；她是一個曾經宣誓過，立志做修女的天主教徒。

「——你能告訴我，佛學，是一種什麼邏輯嗎？它代表什麼宇宙觀、人生觀、思想方式。——我想知道它。對不起，打擾你了！」

觸及佛學，卻燃起了我這一腔靈感之火。我給她塡了滿滿十張稿紙的「如是我聞」概論。我說，這已够了。她不該再黏着我了吧。看她的一筆字，如同亂石鋪街；看思想內容，不遜於雪山下坐禪的僧侶，就是這樣。

我無論如何，也沒有想到，她的信從這時起，成爲一條鎖鏈上第一個環，接下去連綴着數不清的環。

她來信，我沒有理由不還；而且，那個二十歲的年輕人，與我之間有二十年的歲月間隔，把彼此的思想拉得太遠。除了佛學，別的——幾等於絕緣。

問題，也就壞在這裏。我心裏所想的不可能，有時竟會歪到「可能」的方面去。譬如說：佛學與哲學，佛學與文學，佛學與藝術，佛學與美學；……有一次，那個小丫頭，筆鋒一歪，歪到「愛」——這個令人心碎的字上去了。老妻屍骨未寒，我如果答腔，則何其殘忍？

但是，她率直地說：她的觀念與「鎖靈記」中那個了芙一樣。即是：愛，不要加諸對方成爲「責任」。愛，應該沒有「煩惱」，也不必加諸對方的煩惱。這種論調，對男人，是一面倒的有利，對年輕女孩子，我不敢苟同；然而，這是一項眞理，應該沒有疑問。她的信，洋洋灑灑，引經據典，幾大張。我不能同意，因此，我也只有避而不答。

我們的信，通到今年五月初，索性，把世俗的一切藩籬撤了。瑤。西瑤。阿瑤。書，奇書，吾書。這樣暱稱起來了。我們「上下古今談」，「東西春秋考」，女人面上的紅痣，男人頭上的華髮；都逐項研究。我們互相引證「佛經」與「新舊約」上的箴言。彼此爲對方背誦陶潛、李白、杜甫、白樂天、王維、溫庭筠、蘇東坡、辛棄疾、納蘭性德、袁枚、吳梅村、黃仲則，乃至蘇曼殊、李叔同的詩詞。

那是一種傾不完的相思與愛。想當初，她是「竹本無心，不願亂生枝葉」，我更是「藕雖有孔，却無半點滋泥」的。誰知這，二十年的空間鐵柵，也抵不住這愛神的箭。

愛，使一切存在變爲意識；同時使一切意識成爲存在。

爲了唯恐自已陷害了對方，我曾鄭重地告訴她，事實也不容否認。我說：「我四十歲，奇醜。又矮。百無是處。一味深情，會造成將來無窮後患。」

但她說：「我也很醜。恐怕比你更醜。但望你醜，我才無憾。」

我說：「我沒有料到今天，把結局弄成原則。」

她說：「我也很遺憾；把現實弄成了想像。但不論如何，好像我還沒有哭過。」

我說：「我根本是——準備一生長伴青燈黃卷。」

她說：「我已洽好修道院，宣誓做修女——」

那不很好麼，北極與南極，兩座冰山，永不碰頭。

結果，她說：「讓它自由發展吧。這場戲，那時收場，讓上帝來管。」

眞是個自由主義。

今年夏天，她已經大學畢業。

我們陸續地交換許多風景圖片，我們寫的信，足够印一部「百科全書」。有一次，我忽然遭遇一次象徵性車禍，有十天躺在醫院裏，不能寫信，她忍受不了，每天一封信查問，最後，索性寫信給我管區派出所，報我失蹤。她絕望地寫道：「假如再這樣下去。我會死去，吾書！你把我打到陰山背後吧，爲什麼這樣對待我，尅扣我的信？」

等我出院，面對一堆信，我懷着一腔感激與歉疚，愛之令人發狂，一至於斯！當她再度接到我的信，像天上多出一個太陽，連陰山背後都有了光了。

有一次，在新加坡，她無端地不見了。我一封信發出去，如石沉大海，我的心，頓時如負重創。那種「情況不明」的苦惱，只有「無間地獄」的黑暗，才能比擬。

等她再度出現時，我的頭髮已白了一半。——她爲急性闌尾炎開刀去了。

這是上蒼爲兩個愛者，所加的戲謔。使我們在有笑有淚中，度過了春天、夏天，與半個秋天。她給我的照片，有幼年的她、學生的她、學士的她，全然不同。我簡直無法確定，她眞正的面容。因爲，她們全都不同。而且，有幾張戴着眼鏡，更叫我諱莫如深。

至於她是眞的醜與假的醜，只有天主知道。

這好像一場沒收底的夢。

然而，我已吻了她千萬遍，她是不知道的。

我也寄給她的相片，還有孩子的，誰知她又如何安放？

我們爲彼此的苦苦憶念而發愁。

到末了，終於決定：她宣誓做修女這種企圖，暫時基於某種原因而保留。我之出家，也因客觀環境，暫時取銷。

我們都覺得，出家與做修女，實在並不是一個凡夫俗子所能做到的。我們承認，彼此尚未到達超凡入聖的境界。其中，也不知誰傳染了誰，或者誰中和了誰，我們忽然化爲一縷青烟飛到天上變爲一片雲，在愛情的太空，去遨遊了。

×　　×　　×

十月十二日那一天，是星期天。我接到一封來自香港的航空郵簡，扯開來一看，竟是西瑤的！她到了香港。她說：她有點事，隨「祝壽團」到祖國來辦。什麼事，事先我不知道。總而言之，女孩子事多。根據兩年來她的來信，可說是風雲莫測；除了她那顆心眞實無訛而外，別的我就不知道她還有什麼事可足置信之處。

我只有等待事實證明，可是，信上說——糟糕，她乘的班機，是十二日下午四時在台北松山機場降落，可不正是今天？

我趕快告訴孩子們，準備到松山機場，去接王阿姨。

孩子們聽說要去松山機場，有飛機看，把他們的媽媽都忘了。我們父子提早午餐，然後對鏡整容一番，到下午兩點，便乘「專車」到機場。我明知航機降落還早，可是孩子們要看飛機，那麼，就讓他們看個够。我則坐在候機室，心裏想——呀，她的照片也忘了帶，認錯了人呢？哦，還得買一串花環，叫小寶爲她套上。比方說：我得自我介紹——我便是史奇書。這三個，是小犬。

這樣，我便買了一串紅綠相間的花環，叫小寶拿在手上。

「——阿姨出了那道門，你套啊，小寶！」我叮嚀小寶。

「套？」小寶睜着晶瑩的小眼，「套阿姨嗎？」

「對了，套她。」

「那阿姨不會駡我？」

「不會，她就歡喜你套。」

兩個大的倒笑了。

「我套我套。」大寶、二寶嚷着說。

「不，小寶套。」我逗小寶，「看——飛機落下來了，我們往前走走。」

我們在看台上，往前擠；班機進了停機坪，扶梯接上去之後，機艙的門張開，便吐出一串人流；那一個是她呢，女的很多，我怎麼也認不出她來。

我們呆呆地瞅着人流，往一個漏斗似的檢查室漏將下去，我們也裝着向那羣不相識的人揮手。我們向誰揮手，連自己也不知道。

我們隨着擁擠的人潮，從看台上，直往下跑，一湧便塞住了旅客入口。我們佔了一個好位置，讓小寶把住入口的門，小手裏搖晃着花環，狺狺然，似一頭小犬，往裏吠着：「阿姨，阿姨，來讓我套。」

看裏面忙得亂烘烘地，沒人理他，等得頭上冒汗，嚷道：「爸爸，阿姨呢？」

「馬上出來了。」我安慰他。

好了，檢查了半個鐘點，旅客們零零碎碎地出來了。一個灰鬍子白種老頭，一個黑人，中間夾着紅帽子推着行李車。又是一個老頭，一個小孩。一個——戴黑邊眼鏡，「馬維君」型的女的。手上拎着一隻提箱，肩上掛隻皮包，一臉迷糊，往這邊來了。

我往她瞧瞧，不像啊，她的照片上，從沒有這付黑色寬邊的眼鏡：嚴格地說，人，也不可能這樣「出衆」。還有，臉，紅紅地，我怔了一下。這可能嗎？

這個女的，要摘了眼鏡，也許性感；但是罩子在她眼上，就沒有理由說她性感了。我往她楞楞，她也停下來往我楞楞；她往下看，小寶拿着花環往她晃，她忽然說：「我猜——你叫小寶，是不？」

「是呀！」小寶把花圈往上一擧，說：「爸爸叫我套，你讓我套嘛。你蹲下來嘛。」

「怎麼——你是王——西瑤？」我有點恍惚，看着這位高大的女郎。因爲她的個兒大，似乎較西瑤的照片要超出一格，我不敢猛認。

「我是西瑤。你不是奇書嗎？」

「是呀——」

我們的手，觸電般地銲在一起。

「哦，我找你老半天，找不到。」

「我也是，找不到。」我說：「來呀，小寶。給阿姨套，提箱給我，我們出來，我來給你拍一張照。」

這就樣，小寶爲她套了花環，我爲她和三寶——拍了一張照，我們便叫計程車，回到杭州南路的家裏。

本來，在路上，我偷偷看她，我總是覺得，有什麼不對勁。好像，我們都把對方估計錯了。我們錯找了對象。她不言不笑。我也沒有題目可笑。

到家，我們把她安排在一間事先騰出來的小房間裏，讓她盥洗、休息片刻。讓她寬寬衣，自由一下。撤去一身塵勞。

吃了晚飯，她笑了。

孩子們有這麼一個年輕的客人，可瘋了。他們都不認生；小寶爬到她身上要她講故事，大寶

(女孩)要同她對唱「遠山含笑」,二寶要她演一題算術。

我吼道:「這算啥?阿姨剛到家,你們就纏。」

「沒有關係嘛。孩子好可愛……」她笑着說,已經換了一套淺色的洋裝。

「三天,你就受不了了。」我望她苦笑。

「我已經想得到——」

「讓阿姨清靜一下!」我把她引進書房。把門掩上。「——你看,西瑤!我同你討論的東西,都在這裏。大正版藏經。文學大系。胡適全集。……」

我給她一杯紅茶。小聲說:「來臺灣,有什麼特別的事?」

她嫣然一笑。這時,我才發現,她是胖了一點;但是風韻很美;並從眼鏡水晶質鏡片透過來那一雙光潔的大眼,格外動人。

「——來相相你!」她說。

「相我?」臉上頓時泛起一片熱潮。「——蕭郎老矣!」

「——又是這樣,把自己說得酸溜溜地。」

「那麼,照你的角度看我如何呢!」

「——徐郎半老。」

我忍不住心頭的激動。我們初見時那份生疏，已經一掃而空。我的眼簾中見到的西瑤，實在比信上的西瑤更美好。

「你像一輪清新的大圓月，我是不堪匹配的！」

「不要這樣，你比我想像中更好。」

這時候，我們正坐在一張長沙發上，二寶突然走進書房，把那隻花環拿出來，往西瑤頭上一套。

小寶拍手說：「看阿姨同爸爸玩『結婚的遊戲』，看阿姨同爸爸玩『結婚的遊戲』！」大寶、二寶和着唱道：「看、阿、姨、同、爸、爸，玩『結、婚、的、遊、戲』！……」

「不准亂說！」我吼道：「沒有禮貌！」

我偷看西瑤，那薄薄的唇上，塗着薄薄的唇膏；世間還有什麼比不是鮮花的她更美好呢？

她淺淺地笑：「孩子嘛，讓他們鬧！……」

其實，我心中猛一樂。自從亡妻物故，心情何嘗樂過？

我輕扶她的肩頭。

「你們出去玩一下。」我命令他們：「讓爸爸同阿姨靜一下。」孩子們不甘情願地推開書房的門，小寶說：「晚上我要阿姨陪我睡——」

「好。」西瑤如響斯應。
我說：「西瑤！」
她轉過頭來。我圍着她，我心醉地吻她。
「太美好了。」我說。
那一派溫柔與滿心靈的敦厚。
此刻，窗外透進一抹秋陽，我已得到我沒有得到的東西——西瑤。
秋天還未老。
秋天還未老。

五十六年十二月二十六日

雲兒

一

那是雲，那是我心上的一片雲，在遙遠的星空，浮蕩，飄零。……

二

那是一個漫天漆黑的子夜，部隊急行軍，從碭山出發，到徐州東四十里潘塘的鄉間。等隊伍休息下來，弟兄們背倚着背，在一家麥場上休息。等到再睜開眼，血紅的太陽，已灑滿了廣場。

「老鄉！老鄉！」一個侉大娘嚷道：「喝湯嘛，吃煎餅嘛——」

我揉揉眼，看看排裏弟兄，同我一樣，一個個都抱着槍，楞坐在背包上。

「——我踩了你的皮帶兒！」那又瘦又黑，頭上挽個燒餅髻的大娘說：「對不起，官長！」

「那兒的話，老鄉嘛！」

「呀——聽你的話，官長，你是那兒？」

「我是睢寧！」

「呀，睢寧？」

「可不是，雙溝東！」

「嗳喲！我道你們老鄉全是蠻子，料不準你官長倒是俺們挨邊兒。——妞兒囉！」侉大娘又嚷。

這時候，那門裏邊，是一個小姑娘，不敢怠慢，便從門裏拎一桶熱湯出來，呼閃呼閃，拎到場中央，一放。這一股腦兒，跳進我眼簾，不是一桶熱湯，倒是那個粉粧玉琢、山明水秀的妞兒，整整有五分鐘，傻得我不能動彈。

我心裏說：天下那有這種不帶人間烟火的臉蛋兒呢？那正似秋天帶雨的梨花，當我還沒有摸清下文之前，我困惑地盯着她，她呀，似曾相識，向我空茫地一望。

我如何能不爲她癲狂呢？

就在這一刹那，註定我這一生，爲她而幽傷了。

那一刹那，像一陣烟雲，過去了。她娘使她一個眼色，她慢吞吞，走進那扇烟薰火灼的過道門。

這時候，隊伍撤出麥場，而這戶人家，也爲我們騰出兩個房間歇身子，我便成了這一方之「王」。

三

世界上，如果有「緣」這種東西，我與那妞兒，也必然是「緣」的撮弄；否則天南地北，一趟急行車，上蒼爲什麼把我安排在一位仙子的裙邊？如果說，世間也有所謂「一見鍾情」那荒唐兒，而這一場「一見鍾情」的奇遇，便專爲我與雲兒——那小姑娘有心安排。

本來是，我們的部隊，打這兒，也不過一掃而過，沒有打尖的計劃，殊不知，到了晌午十二點，上頭來了個命令，我們這個師，在這兒整補待命，而我這個芝蔴綠豆兒官，這十天之中，便撐盡了這戶人家的三白瓜，早收的梨，和妞兒水蜜桃似的雙靨。

原來妞兒的爹，是這個鄉的鄉長。鄉公所紮在潘塘東十里的張集兒；妞兒的娘——那又黑又瘦咋咋呼呼的傍大娘——我倒沒想出來，她光榮的是，不是因爲她是鄉長孩子的娘；而是她，能使烏鴉生蛋出鳳凰。

要我怎麼道出這雲兒，怎麼個美，怎麼個漂亮，我愧的是，不是個畫家，不能描摹剛滿十六歲的她；遺憾的是，日本人鬧走了她的童年。她啃了兩年詩云子曰，便出了書房，成天跑反。

到第二天早上，消息傳遍了全莊；我們的營長、連長、指導員、特務長……只要是長字輩的官兒，都到我這個排上觀光。

而我們那位指導員兒，酸不溜兮的說：「陳排長！我寧願上尉不當，來當你這個排長。」

由於形勢比人強，我這個排，陷入混亂狀況。但這個小姑娘，倒像入了定的何仙姑，不疼不癢，而她的娘，更是怪，一天之內，便把我當了她的女壻一像，又疼又愛。

我的「萬寶囊」，裏面裝的我從軍以來全部家當，也被她要去「保管」了。好像我這一輩子，要紮下根，在張集兒爲她養老送終一般。

第二天中午，我帶着隊伍到潘塘領口糧，傍晚回連時，一看，院子裏晒滿了衣服、軍毯、子彈箱；哦，這是連長的命令，今天晒晒裝備，洗洗澡，擦槍。我想，我的東西忘了交代，沒人晒了。

可是，我的衣服、被子、東西，不在床上；不知是誰把這些晾到院子裏邊去了。我問排副，我的東西怎麼着了？排副吃吃笑。

「它長了翅膀？」我說。

「排長的丈母娘——」排副呶呶嘴。

「誰是我的丈母娘？」

「呶，就是她——」排副戳戳走在門外雲兒的娘。「營裏的人都這麼叫。」

「噢？」我啞然一笑，「鄉長的太太！」

「——排長的丈母娘！」

我去收拾軍毯、衣服。排裏的弟兄要洗澡，排副帶着隊伍走了。

出了排長的窩，那堂屋的東房裏，有一個人影兒，肩上晃着綠緞子打結的雙辮兒，兩寸長的劉海齊眉飄擺。

「排長——」呀，是雲兒。

「謝謝你，還有你娘。」我向她瞧一眼。

「我來收你的圖囊。」她一邊說，走到石榴樹蔭下。

這時我看看圖囊，掛在石榴樹椏上，一肚子傢伙全傾在一隻籐扁子裏。

「眞糟！」我心裏說：「那些針、線、鈕扣、地圖、破布、信紙信封、紅藍鉛筆、指北針、家人的照片、檢來的手槍彈殼……全都顯了眼。」

「嗨，這是誰的相片！」雲兒一驚。

雲兒的手上，捏着一張四寸相片端詳。

「我的表妹。」我輕描淡寫。

「好嬌嫩喲！」

「沒有，沒有。」

「這一個呢？」

「我的姪女。」

「這麼婀娜！」

「沒有，沒有。」

「這眞是你的表妹和姪女？」

「我不騙你，雲兒。」我偷偷瞄她一眼。

「沒有別的什麼呀？」她一本正經。

「那是我從軍時，她們給我的紀念。這一霎眼就五年了，她們的音訊，也都沒了，好可憐。」

「這樣——」雲兒的臉上這才浮上一層笑顏。

她深深地看我一眼。再深深地看我一眼。

「排長，我把你圖囊收起來，等你明兒個要——再給你。」

我慢斯條理，理我的衣服、被子、軍毯、鞋……。

四

這一年秋天，我是二十二。雲兒虛歲十七。

我們住在這戶人家，整整十天，我那個圖囊，它爲我傳來戰地裏的溫馨。她娘，爲我，彷彿我的老母親一樣，今天叮嚀，明天囑咐。

我同雲兒，她全不管。有時，她娘不是叫她揹一盤子隔年的臘肉，便是送兩捲子肉捲煎餅；有多少情意，都從那雙嫩手兒上交過來。可是，我無邊地煩亂，不知那一分鐘，來個命令，便得扔下她，去衝鋒陷陣。我不明白，這一雙母女，對我這個黑小子，爲什麼種下如許的深情摯愛。才僅僅十天，不足二百四十個小時，難道，眞是前生的緣？

如果有一天，我爲國家犧牲了呢——三天後，我的同事，第三排排長查起經，便在一次渡河追擊中陣亡了。他死時二十三歲；人像個大姑娘。——唉，假使我也像查起經那樣，她們該如何想？

而這一天，無論在何時何地，都會到來。我看雲兒，雲兒看我，滿天是多情的雲彩，爲我們佈下太多的幻想，心上印下太多的好夢。好像不說話，只因爲有聲的語言太俗，沒有話的愛，才是人間最深的愛。

別看我這個六尺高鐵打的男兒，逢到水一般柔情的雲兒，也只有溶化的份兒。

當她把圖囊，在最後一天，交到我手上；我的弟兄們，已在門前麥場上，揹好背包，槍上肩膀，搜兵已派了出去，也許一小時後，與敵人接火，便有死亡；此身如何，自己也無從想像。

雲兒，雲兒；我心裏多念她幾遍，好讓我犧牲後，在靈的世界裏，深深地不忘她。她站在門檻上，失魂地望着我，一臉淒涼、迷茫，好美的一張小臉兒，變得蒼黃。她娘，望我使個眼色，我走上去，說：「張大娘！打擾你了。住這兒十天，損壞你什麼東西沒有？……」

「排長！」她往門裏退兩步，沒讓我說下去，「你這一去不知那天，走到何處，都要捎個信回來！我們妞兒，過年十七整了。唉，你能不能—請長假—下來……」

我頓時體會到，今天，損壞的不是他們什麼東西，而是她，同她女兒那顆徬徨破碎的心。

我恐怕，此去連做夢都無法見到這一家人了！對雲兒，我無法想像，我就不知道這世界上還有誰能給我這麼多的，不須付出代價的愛！

我轉臉望她，相隔不到兩尺，她含着滿眼淚水，咬着嘴唇，不讓它掉下來。

「雲兒！」我的手，放在手槍的皮套上，「我們再見吧——」

我不忍再看她一眼，「部隊出發！」我命令第一班班長。「迅速出莊！」於是，我身後留下一陣尖銳的哭聲。麥場上，沒有一個閒人看「出征」的行列。人，為什麼無端地製造煩惱？為什麼？為什麼，雲兒？

我走在隊伍的先頭，直等到三天後，劉界家戰役結束，查排長陣亡，所有對雲兒的懷念，使我化為戰友的血仇，只留下一片輕愁，在心上飄浮。

理由很簡單，查起經最後一滴血，不知那一天流到我身上；為了查起經的陣亡，使我的愛情冷却許多，也清醒許多；也許愛情必須武裝來防衛。

這句話，證明我說的並不離譜，也不過兩年後，我們便撤過長江。祖國、徐州，潘塘、雲兒，一切的一切，失掉了武裝，都成了一種心靈上的創痛，一團混合的哀傷。

所遺憾的是：我在祖國戰場上，不曾拋下一滴血。到臺灣，一晃這麼多年，刀鈍馬老，人成了廢物，而一桿槍也變成了筆，改行做新聞記者。

我這個人，好像有一個註定與我名字相反的命；十年前，與寶島姑娘理純結婚，還不够「七年之癢」，在第五年上，又與一位學整容的女醫師鬧了一次不歡而散的戀愛，那一次，原不是我，以慧劍斬却情絲，而是翠斐負恨遠走日本，了却這段情緣。

想不到，今年春天，在臺北一家孤兒院參觀。無意間碰到一個送兒子進院的女子，這個人出現，又掘開我這近二十年被埋沒的幻夢！

五

哦，雲兒！

那一眼，我便認出來我那二十年前的小愛人了！

那一頭青絲，一臉溫柔，一身秀麗，依然如故，歲月加在她身上的壓力，沒有想像中的殘酷；算來，她已三十七八了，看起來，也不過二十五六。

她牽着個八九歲，水豆腐般的小男孩，在「社會工作組」辦入院手續，臉朝裏。我與新聞同業們，擠在院長室，中間隔着一排屛風，當中一條尺多寬的甬道，透過這條「短巷」，憑我的直覺，我又有一篇「小說」可寫了。

我的一雙眼，剛好迎着她傾側的臉，透過那震憾的心，有一個人也許是爲他的過去而痛苦了；因爲她已驚訝地觸到我的眼神，那是二十年前絕望中不存幻想的重逢。

「雲兒！雲兒！」我伸頭過去叫她。

她，咬着牙，幾乎咬碎那二十年漫長的歲月，猛抬頭，抖落眼角中一顆淚痕；捏着一張卡片，抓着孩子的肩，走出辦公室；我尾隨她出來，盯在她身後，輕聲說：

「等一會兒，我有話要同你講。請原諒我的冒昧，——雲兒！」

說完話，我到院長室交代一下，便先走了，跨出孤兒院的鐵門，在孤兒院這個巷口，等了半個鐘點，雲兒才低着頭，向我走來。差一點，我沒有決了情感的堤。我多麼想抱住她，一訴離情，這是做夢也沒有嘗過的滋味。雲兒把身子閃在一邊，從我的身傍，有數不清的行人與車輛流過。

我說：「我們找一個清靜的地方坐坐。」

她沒有說話，一臉淒愁。我此時根本已忘了我還有一個家；我以爲我過去一切的情感，都是錯鑄。

我叫了車子，把她帶到一家幽靜的賓館，要一個靜僻的房間，把門關上；我沒有想到這有什麼不對。在雲兒以前，我沒有戀愛過；雲兒以後，所有的戀愛，都是亂愛。

「雲兒！我怎麼不知你在臺灣呢？」當暗室相對，我幾乎要放聲一哭。好似我又遇上幾千年前的親人；而雲兒，此時不僅成熟，情感也有了深度。

她坐在我身傍，垂着頭，默想很久。再抬起頭，無可奈何地說：「你知道，又怎麼了局呢？」

「假使要知道你在臺灣，難道你不准我——」

雲兒伸手拂去衣袖上一點灰塵，打斷我說：「——我看到你結婚的啓事；難道我還以一個有夫之婦，去拆散一個有婦之夫的家麼？」

「——哦，眞是天意！」我感慨萬端地說：「那時你就結婚了？」

雲兒點頭。這時，我才看清她一身的灰淡與破舊。

「過去呢？」我追問她。

「不要追了，慧劍。沒見到你以前，心已傷够；見到你以後，只有加倍心傷。但願，這是我們最後一次見面。原諒我們寡婦、孤兒。慧劍，除非我死，我無法親近你了！……」

雲兒的話，不是告訴我，她的丈夫已經去世；而是告訴我，我的那個家，不可能憑空消滅。

我靜靜地守着雲兒，要她的地址；她起先死不給我。我告訴她，只要她相信我，我決不以彼此的婚姻問題煩擾她，只求她再給我見一次面。

苦苦地請求，追詢；她才告訴我，她住在永和中興路九十九巷，一棟違章建築裏，她踏三輪車的丈夫，因肺病去世了五個月，留下兩個孩子，自己因爲沒有足够謀生的技能，只有把孩子送一個到孤兒院。

六

我第一次到雲兒的家，是五月十三。去了之後，才知道是個不吉利的日子。我到永和採訪一個重要凶殺案，順便去看她那個家。她正在挨家收衣服洗。那是她的職業。

所有的違章建築，與破爛、髒、細菌同義；雲兒的環境，也是一樣；她的周圍，卻不能因爲她的小破屋裏收拾得一塵不染，便不破爛。我爲她捎來些罐頭、水果，還有一千塊錢。她寧死也不要錢。急得我都要自殺了，她不要就是不要。她絞緊了一雙手，紅着眼睛說：

「除了我丈夫，誰的錢我也不要！」

「難道我的錢，你也不要？」因爲拒絕我的幫助，像侮辱我一般，心裏苦惱透了。

「就是你的錢，我也不能要！」

「爲什麼呢，你說明白，雲兒！」

「——因爲你，不是我的丈夫。」

「好！等我娶你！」我一頭衝出了她的破屋，跨上摩托車，猛發動馬達，箭一般射出那條彎曲的巷子。

「慧劍！慧劍！……」雲兒的聲音在追趕我，我像受了傷害的獸，衝出永和。

「用什麼理由離婚？」我苦惱地想：「理純，不是個簡單的女人。而且，我們的婚姻，也是兩廂情願，並不是泛泛萍水因緣，何況，用一個莫須有的借口，以自己的手，拆散自己這個家，卽使不虧待理純，也有愧自己良心。也許，自己的心地，還放不下『善良』這兩個字。可是，既不讓雲兒長此孤獨，也不能拋棄理純，這個理法社會，卻不允許這雙全其美的和平共存，那麼，爲何我見了雲兒，便死死地，不忍心放下她？我該如何兩全其美？不傷害理純，也能同時照顧到雲兒？」

我爲這種耗人心血的問題，熬亮了許多個無聊的夜。

「社會，是否爲了保障某一個人的尊嚴與特殊權益，而維護這種婚姻制度呢，我想不透。」

第二天——五月十四中午，回家接到雲兒的限時信，信由理純手裏交給我。

我撕開信，她說：「你跨着摩托車衝走了，幾乎吓走了我的靈魂；何必這樣絕，慧劍啊！上蒼保佑你的平安。有什麼好好說，我眞怕死了……雲兒。」

理純說：「這是誰的信？」

我把它團了團，塞進口袋。「不相干。新聞。」

理純好像看出我什麼，瞅了我老半天。

隔一天，我又去找雲兒。那一千塊錢，我終於讓她收下來。她被我逼得直哭。我說：「我必將娶你，雲兒……」

「你不要這樣說了，慧劍。你得到我，那還要我的同意才成；還有，就便你得到，你的那個家，難道該被離異？你好好地想一想，這個問題太不單純；死了這條心吧，慧劍！徐州那一場夢，不該再圓了……」

這一天，我與她廝守到深夜。

她繼續爲別人洗衣服，那雙手，雖然有些裂痕，還不粗糙；而且，裏裏外外，已經有些游手好閒之輩，來磨姑她，要爲她介紹個「歸宿」。

雲兒——一個寡婦的生活，住在違章建築裏，日子眞不好過。我每隔三兩天便騎着車子，去伴她一次，有時到深夜才回來。時間久了，雲兒對我，漸漸地百依百順了；我就想：「我必須娶她！」這句話，總是敲擊着我的靈魂。

終於，有一天我夜歸時，理純總認爲我近半年來，常常深夜不歸，事出有因，逼我非講出來。因此，我抓住這個機會，便與她攤牌，「如果，你認爲不滿意，便離婚吧！離婚與否，請你選一條路走。」

理純——這個平日倔强慣了的女人，忽然冷冷地看我一眼：「讓我考慮一個禮拜，可以吧！」

「好吧！」我說。

就這樣。我們同時上床，各自入夢。

在這個禮拜當中，我把我的決定告訴雲兒。想不到雲兒，伏在我肩上哭了。她說：「我的命薄，慧劍！你爲何不留我在世間多活幾天，這樣苦苦地逼我？……」

「這有什麼難過，雲兒？」我安慰她：「除了離婚，還有什麼辦法可想？」

雲兒車轉身，把手支着五斗櫃，呆呆地看着她兩個孩子的照片，突然說：「我明天再把小的送到孤兒院去。」

「爲什麼？我並不多你一個孩子啊，雲兒！」

「我有我的安排，慧劍。我不忍心傷天害理，任骨肉離散。……」

「這話我不明白，雲兒。我不明白我拆散誰的骨肉，我是依法同意而離婚，並不傷天害理啊！」

「……」雲兒傷了一陣子心，便投入我的懷抱。我接觸到生命中第一次動人心魄的長吻，一個永遠令人心碎的長吻，我擁抱她，如同擁抱我一生中所有我愛過的事物。

纏綿到深夜兩點。我疲憊地回家。

意外地，理純沒有睡。她對着孤燈等我。

我覺得有點奇怪，心中也有點歉然。

坐下來，她沏一杯茶給我，又爲我點上一支烟；我燒起烟，靠在沙發裏，閉上眼，想剛才與雲兒的事。理純開口了。

「——你讓我這一個星期的考慮，我已有了決定。」理純說：「我請求你答覆我一個問題，讓我明白，我是否有罪？我們離婚，不能憑一句話，便兒戲地拋掉兩個孩子，各奔東西，是不是？如果，我心甘情願，便死而無憾。慧劍，我瞭解你——是一個情感重於生命的人；請你答應我這個要求。」

她說什麼呢？她要求什麼呢？我想不出。雲兒嗎，她做夢也不會想到。我答覆她，「有話你說吧，當然，我們必須經過這一階段，讓大家明白彼此立場。」

「請問你——慧劍，你是不是有了外遇？」

「——這個，」我有點愕然。「我不能肯定地說。我想，我絕沒有做過對不起人的事。理純，我沒有什麼有虧夫道。」

「那就奇怪了；難道我們沒有任何外來的衝突便要離婚麼？比如說，我要有什麼使你痛苦之事吧！我請問你，有張雲兒這個人——」

哦！張雲兒一出自理純的口，我的心爲之一沉。「張雲兒什麼？」

「這個人，你認不認識？」

「——好像，好像我採訪過這個人的新聞。」我岔開話題。

「我看不是吧！」理純的話，多少夾點兒悲憫的氣氛，「如果，爲張雲兒——你那舊時的愛人，我可以讓她——」說到這裏，理純的聲音，突然沙啞、顫抖；終於忍不住哭了出來。

我這個人見不得哭泣的場面，一如我看不得悲劇的電影與悲劇結局的書。她這一哭，我的

「慧劍」拋棄了，一把抱住她，帶她到懷裏，不分頭臉地吻她，吻她一臉的淚。爲什麼要這樣，我自己也不知道。

理純擦去眼淚，說：「雲兒，眞是我有生以來，所見到的女人中一個最美好的女人。慧劍，不怪你爲她傾倒，如若我是男人，我也是。我讓了她，慧劍！但是，她誓死拒絕我讓。她說，她有一個兩全其美的方法。——雲兒，明天也許便離開臺北，到南部去。去爲她的孩子，尋求另外一個父親。慧劍，請你斬斷這根情絲吧；雲兒爲你付出已太多。……」

我迷惑了。這一番話，看來她們是見過面了！

「你看見過雲兒？」我心神恍惚，想到雲兒昨晚爲我獻上的一切，心頭爲之一震。

「見過兩次，我們長談了一個上午。」

「那麼你不該逼她說出這些話，理純。你不該逼她走絕路。」

烟缸中，砌起無數個烟蒂，夜已四點。我搖搖頭：「今天已經不是咬文嚼字的時候了！」我似乎嗅到幾分不吉利的預感，便是當我臨走時，雲兒對我一改以往，順從我，讓我得到她第一次的肌膚之愛。「照這樣——」我又說：「——卽使我的慧劍能揮，怕雲兒也不能承受；她要自殺的話，理純！我同你，都要負擔同樣的罪過！」

理純聽我這麼一說，臉色陡的一變。

「這——這是她向我宣誓；她有她的安排。慧劍，但望上蒼保佑那個美好的婦人。饒了她吧！明天，我陪你去看她。……」

七

天亮時，我有一條重要新聞，報社來電話要我專程到刑警大隊走一趟。

我關照理純，上午十一點，我直接到永和；要去，她自己去。

等我把一個新聞弄出一點頭緒，已經十一點十分，才狂急地騎上摩托車，馳到永和；進了那條巷子，理純，剛好——提早下班——下了計程車。

我們一同走進那條小巷，推開了木板門；這扇門，好像專爲我的回憶，而開着一條縫；那裏面留下一屋的灰塵，推開門，已人去樓空。

理純驚悸地捶捶胸口：「我眞地怕她想不開。……」

我一生的煩惱，也沒有此時之沉重、懊傷。我東翻西翻，總想抖出雲兒的片紙隻字，以尋求她的歸宿，但是，一屋子沒有看到一張碎紙。

這一個月來，我走遍全島，登遍了尋人廣告，嘔盡了我的心血，去尋找雲兒。可是雲兒啊，却眞的像長天的雲，在無際的深空，浮蕩，飄零……。

涕泣谷

春雨樓頭尺八簫，何時歸看浙江潮；
芒鞋破鉢無人識，踏過櫻花第幾橋！

——蘇曼殊

一

彷彿一片茫茫的光，彷彿一團濛濛的霧；濃密的，細小的露珠，向一個透明的，水晶質的球面降落。那晶瑩的水珠，彷彿成千成萬隻帶淚的眼睛；晶瑩，透明，閃爍着千言萬語，深藏着訴不完的愛情。

不知是女孩子的自尊，還是人格情操的羞怯；抑或是別的什麼難以啓唇的隱衷；我一直不敢把這個謎點破。

我想過千百次，把千言萬語湧到唇邊，又依原樣把它吞回去。六如！我不敢說：「——你說了吧！六如，你說，你難道不該說——『我愛你——家瀅！三年來，我一直深深地愛着你。只是我沒有吐露。家瀅，這一次，我赤裸裸地說了，我赤裸裸地說了！……』」

六如！如果你眞能照這樣吐出一個「愛」字，我便會放下少女的尊嚴、羞怯，還有別的什麼，一頭傾圮在你的懷裏。告訴你——我的愛比你的更深哪，六如。我不說，只因爲我是一個毫無世故的女孩，而你，却是久歷人生的戰士。但是，你爲什麼不說？你爲什麼不說？

你是一個永遠猜不透的謎，六如！

有好多次，那雙茶褐色的水晶球裏，突然湧出一股喜悅、動人的光輝；那黑白分明的晶瑩的球體，在壓緊它的深濃的眉下，暗示我說——「家瀅，這一次讓你猜中了，我要吐露了，彷彿我眼球上沐浴着你，你眸子裏深埋着我一樣；原來是——你的裏面久已有我，我的裏面也久已有你了。家瀅，旣愛，又何待言說呢？」

哦——那一閃卽逝的喜悅，動人的光彩，突然在一張長方形嚴肅的臉上消滅了。我好傷心，好失望！六如，愛，是期待於表達的；沒有表達的情感，何異於沒有着色的畫布？六如——你不屑於表達，我如何來肯定你一心一意地愛我？

我掉一個角度想：也許，你認爲你大我十多歲；也許，你認爲你曾經幫我讀完大學，使你矛盾，使你在這種情況下，沒有吐露情感的餘地。你是不是——以爲——你爲我着想：以愛報答恩惠，太庸俗，太浮薄？你是不是想：以你的金錢感動的愛，得來太可憎？透過「恩惠」這種交易，使雙方的行爲，一切都顯得太貧乏？

六如，人類要是這樣困惑自己，我難以想像，世界應該在何種方式之下建立的關係，才算光明正大？

我想不透，六如。有一次，你握着我一雙手，喜悅充滿你弧形的嘴角，有什麼驚奇的消息，要從你謹嚴的唇邊吐露了。我的心幾乎爲你的表情而顫動得粉碎了。但是，剛待我準備接下你沉重的一吻時，忽然，你的嘴角邊抹掉了那誘人心魂的微笑，你無端地放下我的手，到房裏去了。然後，你捧出一本莫里哀的「蝴蝶夢」給我，我接下書，頹然地哭了。

……

二

一九六二年寒假，按照爸媽與我約定，應該寄錢給我，好繳納這一學年第二學期的學費和生活費。可是春節過去，錢還沒有寄來，好心煩。而我手邊的存款，如果繳學費，就沒有生活費，如果儲備生活費，便不能繳學費。

等到六三年二月十一日學校開學註册了，在海外有父母的孩子，都像春天的燕子，在大學城穿來穿去。我呢，始終抬不起頭到註册處走一趟。直到我接下一封由蘇門答臘一位修女寄來的信，她說她已爲我的父母收了屍，並把他們安葬在棉蘭鄉間的天主教公墓，我的世界便完全崩潰。

在蘇卡諾政權下，我的雙親背着祖國的十字架，沒有任何被屠殺的理由，便被當地的印尼暴徒鎗殺了，店面也被焚毁了。我一個十一歲的弟弟被天主教會收容，送到雅加達附近一個不知名的孤兒院裏去了。

從此，我便孤懸在祖國的「大學城」，孑然一身。世界上除了這孤苦伶仃的女孩，便空無一物了。那一場噩夢，到今天想起來，依然叫人昏旋。

在當時，我的遭遇，在一小時之內，從女生宿舍傳遍了大學城。有許多不同系別的男女同學，來慰問我；也有人暗地裏發動捐錢，想幫助我。

可是，從一個月之前，我父母殉難之日，世界上就只有我一個人了。也許，我明天就得搬出大學城，告別「情人大道」，告別煩人的紅色杜鵑花叢，與師長同學互道珍重。何處是我的安身立命之處，我還不知道。我告別學校，袋中還有六個月的生活費——兩千四百塊錢。還是先找工作，再搬出學校？還是先搬出學校，再找工作？我都茫然。到這時，哭既無用，徬徨也是枉然。

爸媽的死，埋葬我一顆蓬勃的心，枯萎我一張二十歲的臉。兩隻眼，除了痴茫，簡直流不出一滴淚。

別人已上課，我還沒有註册。也許有人爲我向教務處透露，但是教務處並沒有採取有效的行動。我這時已不寄望於任何憐憫性質的救助。我的生活，沒有人能夠永遠救助下去。政府也不能。因爲，到我畢業，還有遙遠的三年六個月的旅程。

這個世界縱然遼濶，商業社會雖然充滿流動的金錢，但是還沒有一分有意義有價值的幫助，屬於這個孤零的女孩。

我在床上不吃不喝三整天。第四天早上，系裏的小譚，拿一封掛號信到宿舍門口要我簽字，我迷迷糊糊地簽了字，回來摺在床上。飯後，物理系的大姐——馬來西亞的施婷，中文系的小妹

——菲律賓的蔡丹娜，班長唐皇，他們都來看我。他們說，已有了一千塊錢，可以到註册處去註册了。「讀着看嘛，休學多可惜！家毁了，國還在。家溼，上一代犧牲了，下一代不能再糟塌自己。有地方讀書，讀一天算一天，也許，我們同學能集腋成裘，讓你讀到底。……」

我把耳朶摀住，不想聽這些話。一個人依賴別人的憐憫，就太不够味。但是半年來同窗的情誼，年輕人的愛心，我不忍蔑視。

而他們眞正傳染給我的，倒是嘆息、傷感，和無可奈何的鼓勵。嚴格地說，他們自己也只有一份讀書、吃飯的錢，他們大多數每天早餐，一套油條燒餅和豆漿，實在勻不出錢幫助別人。

他們走了，我翻出床上那封信，那是誰——寄來的信？由小可憐拿來，我倒覺得該可憐的，不是小譚那個小可憐，而是不該可憐的我。

扯開信，沒有瓤子，只有一張小得可憐的名片，包在一張綠色有花紋的紙裏。我的眼前，突然跳出：「憑票祈付新臺幣壹萬元整。」幾個炫人眼目的字，兌現地點是臺灣銀行。名片上只有三個字：柳六如。既沒有頭銜，也沒有地址。但是翻開名片背後，有兩行玲瓏的小字：「請閣下俯納，這一年用費。有暇，莅寒舍一敍。」末尾，註着「大直北安街九九九之五號」幾個字。

我陷入無邊的沉思之中。從兇險的浪頭，滑向深迷的浪谷，我既驚不起來，也喜不起來。這位寄錢給我的濶佬，是什麼心意，我無法了解。我不能這樣無端地接受下來。信從台北郵局九九五五號信箱發來的，我當天下午帶着信，便坐車到大直，找到寄信人的地址。這是一列新建的小型公寓住宅。一戶挨一戶。到九九九——五號，我按一下門鈴，許久沒有人開門。我又按，又按；退到馬路這一邊向那小院裏翹着腳望，門窗緊閉，闃無一人。我只有投下一張字條，寫明「拜訪未晤」，索然離去。

等我回到大學城的宿舍，咳，床上又躺着一封信，信裏依然是一張名片——柳六如三個字赫然。這個人既如此慷慨，却不願意用一張信紙寫信。

那名片後面寫道：

「匆促投書，諒邀尊閱。惟以特殊事故，暫離臺北，十天後歸來。閣下請寬心註册，俟本月第四個星期天，當在舍間候駕。」

我心神惚恍。這個人怎麼這樣奇怪，會知道我的突然變故呢？又是誰向他透露箇中消息？

這下一個問題是——註册嗎？必須動用這一筆錢，如果動用這一筆錢則無法原璧歸趙。如果不註册，還要等兩個星期，這位柳先生才能回臺北來。他有什麼重要的話同我談呢？

這一個廻峯轉浪，紊亂了我的頭腦。我可以註册嗎？註册，讓我手上這半年生活費作代罪的羔羊吧！以後的事，等到柳六如先生回來再說。柳六如——是個什麼樣的人呢？他存的什麼用心呢？他是老年人、中年人、青年人？是商人、軍人、還是公務員？是胖，是瘦？是男人，還是女人？

好一個柳六如，像詩人，畫家；似女，又像男；唐六如，柳六如，好一個雅緻的人！

（註：明代著名詩人、書家、畫家。唐寅，號伯虎，又字六如，與當時徐禎卿，祝允明，文徵明，號稱吳中四才子，著有「六如居士全集」。）

三

到二月底，最後一個星期天上午，帶着原封不動的支票，到大直，跨下四十四路公車，走到九九九之五號門前，去按那淺綠色的按鈕；鈴是響了，依然不見有人出來應門。我翹首向裏望，門窗依然緊閉，沒有人跡。

我說——這個人眞怪；既約我來，自己又不露面。但是我又想，像他這樣視金錢如糞土的人，對一個從未謀面的女孩子加以援助，就不可能失信。人生，太難捉摸了；我的今天與昨天，又是何等地詭譎？

我悵然在他門前徘徊了半個小時，不見人回來，才搭車歸去。這一筆錢既沒法子還，我便把它領出來，存在校內郵亭。雖然，我不安心於這筆錢的使用，但也無可奈何，只好暫時權充它底主人。形勢比人强。小譚把同學們幫助我的錢，同一天晚上也交到我的手裏，我不假思索地說：

請還給他們。我說，當我不得不借重他們的時候，再請他們幫忙。現在，我已渡過難關。

我心裏忖度，要欠債，只能欠一個人的債，那便是柳六如。

小譚望我一笑，搖搖頭，把錢又接了回去。我向他道謝。並請他幫我向支援我的兄弟姊妹道謝。

我註了册，回到班上聽課。他們已全把我當作另一個小可憐了。小譚是孤兒院出身，天生是無父無母；聽說現在有一個伯伯供給他上大學。他寒暑假無家可歸，就以宿舍爲家，有時又回到孤兒院娘家住一天。其實，人大了，已與孤兒院脫離了關係。他之所以能上大學，之所以能離開孤兒院不另謀生計，據說也是他那個伯伯借籌代箸。社會上有些不爲己謀的人，就像柳六如那樣，我不知對與不對？柳六如，是否像小譚伯伯那一類型？

在這一學期，我到大直三次，都沒有叩開柳家的門，我始終猜不透他爲什麼留下那封信約我去看他，而他却如石沉大海，沒有音訊。好像他連那房子也不要了。

而殘酷的時間，事實上逼得我不得不動用郵局裏的錢。那一萬塊錢，到暑假末了，只賸了八千五百塊。暑假，又是遙遙無期的長夏。

在初放假，我爲爸媽在松山一個佛寺中立一個牌位，又裝了一張照片，逢到心裏想他們，便去松山佛寺裏看看他們的遺容，哭泣一回。

暑假已過了一個月，男同學都已集中到成功嶺，而我——這個無家可歸的孩子，只有守着寂寞荒涼的女生宿舍。香港、澳門、星馬、菲律賓的僑生，大半回家去了。本地的女孩子，更樂得回家去享受冰淇淋和爸媽的疼愛。恁麼大的女生宿舍，好像只有三四個不同系又不同班的女孩，分住在不同的角落，彼此又很少互通聲氣，大家好像都有特別的心事。而這心事都又發洩到圖書館裏去了，埋着頭啃那些不該啃的東西。譬如說：中文系的啃英文；外文系的又啃中文；物理系的啃歷史；諸如此類，怪象百出。

有一天傍晚，我忽然心血來潮，夾一部英文本「羅馬帝國衰亡史」，出校門，剛好碰上零南公車，到臺北車站，又換十七線車，直放大直。好像有一個鬼領路，到大直，下車直撲九九九——五號大門，一看，門開着，一個工人蹲在小院子裏除草蒔花。

我嚇了一跳。我以爲這房子換了主人。我以爲柳六如已經——意外——我不知怎會這樣想。我脫口向那工人說：「請問您：柳先生在家沒有？」我明知他不在家，那屋子裏分明沒有人。

誰知，那工人抬起頭，向我猙獰地看一眼。一下巴的鬍子。一頭亂髮。一雙惡相的大眼。一身泥灰。站起來裂開一張略帶弧線的大嘴。揚着一雙沾滿泥巴的大手。往屋裏指：「請裏面坐。樓上坐。他就來——」

「喝——他就來？」我不信。我又說：「柳六如先生呀？」

這個人邪氣地笑了，去水管那邊沖沖手。

「請樓上坐吧！」

我忐忑地拉開紗門，進屋。那是一間直不籠統的長廳，廳後一準便是廚房、厠所、後門。廳裏沙發上還蓋滿灰塵。我循着進門右首的磨石樓梯上樓。一上去又是一間客廳。心裏一慌張，沒看清廳後是否一間臥室，還有什麼通向後門的陽臺沒有？這間廳裏，有一套小沙發，兩張雙人沙發，一張極長的書桌。貼墻，有四橱書，另外，有些什麼，已記不清。但是，客廳通前面陽臺的小門邊，有一盆臺灣「萬年青」，奇異地綠。

樓上沒有人，我嚇得要往下跑。而那個工人又從底下往上爬，堵在樓梯中間。他的手臉已沖刷乾淨，現出一張略逞秀氣的臉。

這個人的頭剛在樓梯口露出來，我看到了心裏好怕，一種沒頭沒腦的恐怖。我挾着書要擠下樓。

這個人說：「你不是找人嗎？你貴姓？你是不是姓伍？你是不是伍家瀅？」

「哦——是我！」我的心直跳。這個人怎麼這樣狠。

「我就是柳六如——」他說。那一臉惡相。

我的心好亂，不知怎麼對付他才好。他上來，比我高一個頭。手好大。

他去一個角落，從放水瓶的小桌上，沏一杯茶送給我，就坐在我對面的沙發上，要我和他對着面坐；好別扭人。

「——今年春天，我爽了約！」他說，嘴裏倒露出一口不該有的潔白得要命的牙。「你來了多少回？」

「四回。」我不敢大聲回答。

「我到香港去了。」他是柳六如，我絕難相信。「一去就半年。回不來。硬回不來。昨晚上才回來。」他亂說。話一點沒條理。我偷看他一眼。

他側着臉。一頭亂髮。一下巴鬍子。方稜的臉。惡相的眼。潔白的牙。說他是商人，不是。猛看有五十歲。細看好像三十歲。這個人好難判斷。

「——我喜歡年輕人。」他用粗大的手攏一攏頭髮。「你父母都罹難了——蘇卡諾隻狗！」

我凄然地點點頭。

「那是人爲的災難。可是我們沒有辦法防止。」他攤着大手。「你學甚麼東西？」

「什麼甚麼東西？」我猶疑一下。

「噢——歷史。」我想起來了。

「你的英語還好麼？」

「能講一些。」

「也能看嗎？」

「也能看一些。我從小在印尼長大。」

「假使學歷史，外國語文又能對付，有便宜可佔。好像你手裏是 Gibbon 的『羅馬帝國衰亡史』？」

「是的。」我又偸看他一眼。他一點都不笑。好像要殉難的樣子。脚邊又是一盆萬年青。像這個人，要是柳六如正是其人，我就不敢向他說什麼。同他爭什麼。這個屋子裏只有他一個人存在似地。

「柳先生——」我無論如何也得冒險提出。「今年的春天，承您滙那筆錢——」

他趕快擺手把我的話揮掉，就好像有什麼髒東西惹上他的身一樣。

「唸書，不要管這些雜事。我眞恨自己之不學無術。在這個暑期裏，我不到哪去，有空請常來坐。我有些中國古史，聊備一格——」他旋過頭對着我，眼裏噴出一股灼人的火燄。嘴也裂得很大。好像他有那些書，足以使他成爲巨人！

他笑得那樣孩子氣。一片天眞流露在嚴肅的臉上，我感到情感被一陣春風所拂動，低下頭來。

「——父母沒有了，一個人奮鬪吧！」他說：「你來的意思，一切心領。……」

這是什麼話？

我坐了不到半個小時，我覺得我的拜訪，就沒有任何收獲。我連感謝他的話也說不出來。

我告別他下樓，走在北安街上，一直回到大學城，在餐廳吃了飯，走到圖書館，看一陣閒書，再回宿舍，躺在床上回憶這一天，是一片茫然。

我捉摸着，該怎樣來回報他的恩情。那一萬塊錢，該流失他多少血汗？我沒來由地哭一陣。一個女孩子，天生地會哭泣。一哭，我就感覺輕鬆很多。用眸子的仙泉，洗心靈的傷痛，世界上沒有比這更美好了。

兩個星期過去，我再度到北安街柳家。

我按鈴，他開門，如響斯應。

眼前一亮，一個半滿髮、神情莊嚴、靈氣滿臉的中年人，站在我面前。

「伍家瀅是你啊？」他微微一笑，把視線停在我身上，帶上門。「今天在這裏吃飯。沒有別人。」

這一天，我少一些拘束，而柳六如，嚴肅的一張臉，又多了一些微笑。有時還大笑哩，震死人！

我在柳六如家，吃第一次飯。

因爲多出我這個人，像水一般的空氣，便繚繞着孤單的柳六如，和孤伶的伍家瀅流動。

四

我眞奇怪，像柳六如這種人，冰扎扎地，爲什麼也有令人不解的地方，叫人想到他身上有一個謎。世間無人知曉。而並且，當他偶然在大眼裏射出一縷光芒，又叫人心震神搖？

在假期，我的兩條腿，一方面證明我已是一株沒有根的浮萍。另一方面，柳六如的家，也像個湖灣一樣，浮萍飄到那兒，也好像有依有靠。這種感覺，得自他深沉、堅實、蘊育，遠超過他那些驚人的書。

而且，妙的是，每次我到那裏，從沒有看到第二個客人，他爲這個女孩子準備下這份充裕的時間與孤島似的空間，我心裏說：「柳六如，你不是存着什麼歹心？」但是，像他那種人，那種冰冷，只有提到「書」，才張開大嘴，燦然一樂；只有提到「書」，他才會滔滔不絕，一個人不讓你插嘴，講上老半天；對這種純潔得過了火的老夫子，有一個像我這樣平平凡凡的女孩子，存一點點也彷彿愛情似的歪心，也不能派他缺乏人性吧！

我是否能引動他的愛，我自已還沒有把握哩。因此，我會不自禁地攬鏡自臨，但却又羞慚地臉紅了。我不是令人着迷的女孩。我平凡得老是把自己濃縮到一個壺裏的乾坤。

暑假完了，同學們又回到大學城，著名的「情人大道」，整天又徜徉着五色繽紛的男孩女孩。

有天下午，我們下了課，回到宿舍，時間還不到吃飯時刻。女生宿舍外，有人遞一張條子進來，近門口有個外文系的同學照着條子唸：「歷史系二年級，伍家瀅同學，外找！」

「男的女的？」蔡丹娜緊張地問。

「當然男的！」那位同學說。

「嘁——」小妹一跳，跳進我們那一組六個人的房裏來，敲着板壁說：「伍家瀅——你愛人找你！」

「說鬼話！」施婷瞪蔡丹娜一眼。「小妹，你對家瀅怎麼可以這樣？」

小妹頭也不回地跑出去了。我也弄不清誰找我。反正我沒有愛人就是。小妹一眨眼又野進來了。

「大姐，我說是家瀅愛人，難道冤枉人？你看人家一派瀟灑相，濃眉大眼，穿西裝不打領帶，英氣盎然……」

「滾！」施婷吼開小妹。「家瀅，眞是你愛人？去看看！」

我瞅小妹一眼，也沒心腸答腔，到宿舍外草坪上，對面走廊站着一個人，可不是——柳六如！

「柳——」我想說。

「家瀅，我要交代你一件事。」他走過來，輕聲說：「我們能出去走走嗎？」其態度異常溫柔。

我也沒有說什麼，跟他出了大學城，一直往北走，延着新生南路。

過了信義路口，在「故鄉」吃了兩碗湯麵，兩盤蔴油干絲和泡菜，又出來往北走。天逐漸地蒼茫了。

過了車水馬龍的中正路，轉向西北，延瑠公圳，依然往北走。

「——家瀅！」

他的口氣和以往那股道學味遠了。

我接觸到一陣疏疏細雨，一陣習習春風。

「我給你一把鑰匙，和我的私章。」「六如」說。我眞不該這樣暱稱他。他從袋裏掏出一把鑰匙，有四五個連在一起，穿在一條不銹鋼的環上。「——我又要走了。這一次時間也許長些，我那個家，你得替我照應照應。」

「你又要走了！」我心裏一涼，「又到香港麼？」

「說不定。」六如說：「家瀅，人不可太俗。你把『柳先生』叫得我一頭火，我有名字你不敢叫嗎。六如——你這樣叫！」

他不讓我廻避一下，便握住我的手。他的手是冰冷的。但有一股溫暖的流擁入我心。

「沒有什麼特別的事吧——六如？」我心裏一酸，覺得又有眼淚要往外湧了。

「沒有什麼。」

「就是這回事麼？」我碰到他深大的眼神正在迎視我。

「假使，我回來得遲，家瀅，那最小的鑰匙，是開保險櫃最裏層的門的。三二，五二，三二；轉三，轉二，轉一，大門便旋開了。再揷小鑰匙，在一個小抽屜裏，有一點東西，還有一本支票簿。這私章也交給你。到那時，你覺得需要，便去拿點回來，應付生活。——告訴我，不要俗氣。那是爲你準備的。我怕三五個月回不來！」

他握着我的手，緊緊地握着。大眼睛變成兩汪沉碧的潭水，映着我明滅的走動的影子，我偎在他的身傍。

我想：柳六如爲何如此對待我？用這份深不見底的心！他這份恩情，我何年何月才報得完啊，我的天哪？我拿起他的手，放在我的唇邊。終於把我的淚水，傾落在他的手背。

這不知是感激之情，還是其中摻和了愛情？

「我走後，」六如說：「書櫥裏有二十四史，還有些其他可讀的東西，你找吧。反正萬一我歸遲了；或太久不回來，你總得常常回家看看。……」

初夜的迷離，微弱的星光，消失在圓山動物園前的繁華十彩。我擠上四十四線車，與六如頎長的身影，道聲「再見！」……

五

六如第二天走了。

我每個星期天，去六如那裏看一趟。我會在那裏消磨片刻，或則翻一上午的書。或則掉一回淚。

過去的日子比流水還快，六如沒回來，暑假又完了。我的心老是無端地狂跳。

我想像不出他究竟作什麼工作。做生意嗎，資本、價格與他風馬牛不相及。而他又從沒有和我談過他從事什麼行業。我不由地想到——這個人莫非是「情報人員」？不由得身上暴起寒傖傖的肉粒。

我記得有一次我走進他的臥房。我不想浪費他一分錢。我想拖到二年級終了。現在，終於一文莫名了。六如，既然把身外之物付託我，除開他自已的身世，他的所有都不保留地交給我了。把我當作一個知己。我也再不該兒女作態，誤己誤人了。

我本想去打開他床頭的保險櫃，當我猛一抬頭，對面牆上，赫然掛着一張和尚的相，吓了我一跳。平生，第一度走進異性的臥房（除了我父親），而那個濃眉、大眼、眉目崢嶸的和尚，竟是六如，我驚叫起來。但等我近前去細看，原來六如的頭上依然留着長髮，只是身上穿着比丘大袍而已。

這個人好古怪。不做和尚却要披袈裟。

我數着三二，五二，三二；三轉，兩轉，一轉；把保險櫃大門拉開，用小鑰匙透開小鐵門，拉開一個小抽屜，一看，裏面放着很多文件，和幾本存款摺及支票本。另一邊有一叠港幣。我沒有動它。我把支票本取出，到窗前書桌上用鋼筆簽了三千塊錢支票，又蓋了他的章，撕下支票，把原物送回，保險櫃關上。

這個臥室，一床、一櫥、一寫字臺，兩張沙發和一張小几，床上簡單的被褥，如此而已。但寫字臺上，有一列書，用鐵的書夾夾着；其中有一本「蝴蝶夢」，與蘸水鋼筆臺成直角放着。我走過去摸摸那本「蝴蝶夢」，又拿起那支 Sheaffers 蘸水筆，在蓄水池裏蘸一下，移過一叠白紙，寫下「Life is education, Knowledge is power」兩句名言，擱下筆，在沙發上坐坐，想想。天暗了，扭開燈，客廳及樓下的燈都打開。把書櫥也一個一個打開。如同進入一個書的王國。……

一個人到這種處境，已經不屬於存在主義的世界了。我實在不明白我所處的是何種地位。我來照顧這間房，就彷彿我是柳六如「精神上的妻子」。可是，他從沒有開口說一聲「愛」。然而正因爲沒有這句代表情感的正確象徵，我支出了他的恩惠，便等於我自身的負債！

我有心留在這裏，明晨再回校，但左鄰右舍，固老死不相往來，而這戶人家久已沒有人，一旦有燈光人影，則難免不令人橫生疑竇。因此，到八點後，我終於鎖上門，把自己抛向五光十色的世界。

我一直懷念着六如。他離開臺北，沒信回來。他回來的日期，連他自己也不知道。這個人就好像一朵泡沫，被風抬上天，要回到人間，却要靠命運。

我不能不這樣想。否則爲什麼走了七八個月還不回來？學校又開學了，春去秋來。我幾乎每天愁眉不展。小妹老是說：「西施！你是不是想愛人？」而平常那個鬼頭鬼腦、活靈活現的小譚，好像也打不起精神來，見到我，不是慘然一笑，便是一聲嘆息！

我有心說：我爲我的朋友柳六如之不歸，而不快活；你這個小可憐，四海爲家，沒愁沒慮，爲哪一門子事發愁呢？

這個學期，在凄風愁雨中飄游。

有一天下午第一節課，我去一三五教室聽「西洋文學史」，課上了一半，小譚不知什麼時間摸到貼近我的一個窗口，用嘴巴在窗上呵氣，然後用手指頭在氣上寫：「S·O·S」。我說這個傢伙搞什麼鬼？我就不看他，他就急了敲玻璃。我不喜歡把一堂課聽一半開溜。我忍住氣把課上完，出了教室，小譚已急成了小瘋子，衝過來揪着我便往校門口拉。

「伍家瀅啊！你眞急死我了，你裝楞不出來，我伯伯叫我找你，我找你找遍了全校區，你卻躲在這個鬼地方聽西洋文學史——」

「我選的嘛！」我掙脫他的髒手。「你這個人怎麼搞的，你伯伯找我幹嗎？」

「你姓伍不是？」小譚瞪着我說：「你是伍家瀅不是？你是印尼的僑生是不是？」

「對呀！」

「那我伯伯就是找你伍家瀅。有急事。」

「你見到你伯伯嗎？你伯伯在那裏？」

「沒見到，他叫人打電話到軍訓室來，找我，叫我找你。我伯伯在空軍醫院——」

眞把我朦死了。小譚把我纏着，到校門口登上計程車，一聲「空軍總院」，便風馳電掣而去。

到空軍醫院，在一個靜僻的病區，由一位護士引我們到一間特別病房。我同小譚一先一後進入病室，一看，一床白被單下蓋着一個人，右腿吊在一個金屬架上，有一隻皮管子連着一具注射器，往他脚上注射藥水。他的右手，連着肩膀，都綑着石膏綳帶。我走近這張自動起落鋼絲床，定睛一看——「六如——」我一失聲，幾乎栽到六如的床上，小譚穩住我，叫一聲「伯伯」！

六如把能動的左手，抬一下。而那雙茶褐色球體的大眼，陷在沒有血色的方臉上，我也顧不得什麼，便仆到床邊，說：「六如！你怎麼弄成這樣？你什麼時候回來，我們都不知道。……」

「——好多了，家瀅！」他的聲音低得只有仆在唇邊才聽得到。「你去家裏，帶點錢出來，給小民。」

他把眼睛閉上，我知道我的眼睛又濕了；小譚的眼睛也濕了。我們坐在六如的床邊。不到五分鐘，護士小姐便催促我們離開，她說病人要安靜，得過幾天才能恢復談話。

我回轉身，無意間在病床的另一端，看到床頭欄干上，懸着一張嵌在一個特製銅牌上的卡片，上面寫着：柳六如。三十九歲。廣東茂名。Punctured wound, Gun-shot wounds and Compound fracture。

我和小譚走出空軍醫院，心裏透着陣陣奇寒。我不知六如在何時何地受到鎗傷和刺傷。

我說：「小譚，柳先生是你伯伯？」

「——是啊，伍家瀅呀，你怎麼會認識我伯伯呢？」

「——以後再談吧，小譚。把事辦了再去照顧你伯伯。我們到大直去。」

我和小譚到北安街六如家裏，打開每一道門，門窗上撒滿了浮塵。

我到六如臥室裏，打開保險櫃，開了五千元支票給小譚，告訴他：「你明天到醫院去，順便把錢取來，自己留兩千在身邊替你伯伯買東西，那三千放在你伯伯枕頭底下，給他自己用。小譚，不要發楞。在一年級下學期開學時，你不是交給我一封掛號信麼。那就是你伯伯寫的。我認識你伯伯很久了。……」

「哦？」小譚還是釋不開疑團。

「我們一人一天去看他。精神好時，問他要吃什麼？需要什麼？小譚，以後我們總會互相明白的，現在也沒有工夫解釋。……」

小譚走了。我一個人回到學校。我心裏比小譚的問題更多。但是，如果我愛六如，而六如的臂已成殘廢，我沒有選擇；如果六如突然這樣死去，我依然沒有選擇。愛，不是形體價值。正等於六如，沒有把他的恩惠當作價值觀念一樣。

六

在以後三個月裏，直到一九六四年多天完了，學校又逢寒假了，六如才搬出空軍醫院，回到他寂寞的家。但他有一個附帶的要求，便是當他尚未能完全適應環境之前，在我的假期，每天要去幫他料理「家務」。

在空軍醫院那些日子裏，他一直沒有吐露什麼。他只是說，受了意外的傷，這次傷的結果，是右肩胛成了「機能障礙」。右手的手臂，向後抬，超不過四十五度，向前舉，舉不到九十度。用筆、拿東西都感覺銼得骨節痛。更奇怪的是，六如的胃也開了刀，割去一塊。出院時，醫生交代，目前只宜於吃流質及鬆軟的食物。他的機能，能不能恢復正常，這要看他的生理潛力來決定。

六如回家以後，告訴小譚，他那份「家教」的位置，仍不要因他的病而放棄，這裏有我照應，再過個把月，他自已也該復原了。小譚不放心，但扭不過六如的眼睛，瞪他一下，他便乖乖地走了。

我問六如：「——小譚是你朋友的孩子？」

「不是——」六如臉上翻起一朵笑意，把手擱在我肩上：「他姓譚，我姓柳。這是這個年輕人的客氣。……」

「原來是這樣。小譚曾經在你面前提過我嗎？」我挿上去說：「——我知道，我知道，我知道了！」

「你知道什麼？」六如突然地問我。我沒有回答他。帶他上樓。

六如住醫院時間，我每逢二、四、六、日，到他病房來，有時帶點水果，有時帶一束花。有時是六如交代買的東西。日子一久，這個病房的主治大夫和護士，差不多都和我熟悉了，只要我一來，他們總是向我深意地一笑。這份嫌疑，是無法避免了；我也從未存心躲避它。

六如很少說話，一條手臂，包在石膏裏。腰上，纒着一捲大繃帶。我帶來幾本史學書籍，放在床頭供地消遣。我則坐在他床頭的沙發上，有時剝一個橘子給他，有時削一個蘋果給他，他最多報答我一個一閃卽逝的笑容，而那點心靈上的光，失落在那張毫無表情的臉上，我幾乎要哭。

雖然如此，在那白色溫柔的歲月裏，我捧着書，他也捧着書，默默地伴在病房，護士小姐把門帶上，那便是兩心廝守的美麗刹那。

我曾經有一種第六感，當我扳開那沉重的「英國史」、「希臘史」，那些原文的史學大書，浸沉在歷史的滄桑與人物的代謝裏，那雙眼，便溫柔地停在我臉上，很久，很久，不忍離去。

…………

而此刻，我帶他到樓上，我們併坐在沙發裏，我摸撫着他的肩頭，「還痛嗎？」

「還痲。」他說：「眞是想不到的災害。」

「可是——你還瞞着我們。」我故意垂下頭，把雙手重叠放在右膝上，然後不理他。

「……」他轉過臉，用他的大手，放在我的手背上，我便動不起來了。

「爲什麼不讓我知道，分擔你一點危險？——我不足信——是不是？……」

「……」他把他的手，沉重地厭着我的手，重重地壓它。

「在什麼地方受的傷？這樣嚴重！這樣神秘！」

他木然地把手拿開。但是他忽然又用左手圍着我的頸頸，扳過我的臉來，大眼裏，浮出一粒珍珠大的淚。然後說：「我要退休了。你這個年輕人，不要這樣折磨我。你有一天，會瞭解我，那也許是在你五十歲以後。家瀅，我告訴你，一句話：我在香港，被人打了冷槍。……」

我一陣心酸，被他那一粒眼淚，竟引來一陣失聲痛哭。我也不知道爲什麼這樣傷心。爲父母雙亡，自己無家可歸？還是爲六如受了重傷，幾乎喪命？天黑了，一張大手像哄孩子似地，拍着困倦的我，把我從哀傷裏喚醒，扭亮燈，我怔怔地站起來，想走。

他說：「不要走，就在這兒休息。」

我便依他，爲他冲好牛奶，買來麵包，我泡一杯咖啡，打發這殘冬的寒夜。

晚餐後，他打開壁橱，拿出三四條毛毯。談到深夜，談小譚，談我大學畢業後計劃，談他自己的人生歷史觀；最後他在長沙發上躺下，我爲他蓋好毛毯，熄燈。

我走進他的臥房，我無端地失笑於今宵的「羅曼蒂克」，然後上床入睡。

第二天，六如叫我帶一筆款子回去。

而後兩年中，按照他的計劃，支配金錢。

就在我第三學年暑假到來之前，六如的肩胛、胃，都正式構成了「機能障礙」，不能復原。他奉命辦理「假退休」，仍然住在北安街的公寓。

我想，六如的生活是穩定了，我的心也會平靜下來。逢假日，同他跑跑臺北附近的山水名勝，有時候小譚也去。否則，他便領我到西門町，爲我選一襲衣服，或一雙皮鞋，一枚別針。有時，在重慶南路逛逛書店。

他把我放在身邊，看那付目不邪視、坦坦蕩蕩的神情，就彷彿我不是他的「愛人」，而是他的女兒。我打了個噴嚏，他會神情緊張半天。

我心裏說：「瓜熟了，蒂也該落了。六如，不要拖泥帶水吧。把你的心事——說一說，我全般接受……」

明年夏天，我就該大學畢業了。

「——明年夏天，你該考研究所的！」六如說：「我爲你想到了——家瀅！讓我唱一隻歌給你聽——

「——嗚乎人生如朝露，百年行樂安足數？安得讀盡古今書，行遍天下路；受盡人間苦，使我猛覺悟！

「家瀅，你是歡喜歷史的！除了我們自己一部二十四史——不知從何處說起。而希臘、羅馬、印度的歷史，都有挖掘不完的寶藏。」

那是去年冬天，那個抵足長談之夜，他一股牛勁，纏着叫我大學一完，考「歷史研究所」。他難得看到一個女孩子愛好歷史。所以，他喜愛我了。

當六如「退休」初期，自己能照顧自己，我有空時去看他，反而常常會撲一個空。他上日月潭去了，他上獅頭山去了，他上青草湖去了。……

在一九六五年，這一年中，他盡情地遊山玩水，彷彿把我和小譚也忘了。等到他閒下來，回到他那孤獨的巢穴，想起我來，便叫小譚捎個口信，我便去為他作半日女傭。為他晾晾這，理理那。我做完了事，他便跑過來，熱情地捉住我的雙手，迅速地深沉地看我一眼；我，在那千古一瞬之際，多麼期待那埋在他心底的一聲「——我愛！」但是，那僅是我眼簾中的海市蜃樓，一閃卽逝的靈光；他頓時覺悟什麼似地，推開我的手，又做別的事去了。

一年復一年，大學四年，終於成為一陣烟雲，拂過那些大孩子們早年的嚮往，而如今悽悽惜別的杜鵑花城。走出校門，黯然失落在生之寂寞裏。我，為了不幸負六如那如花如霧、非花非霧的深情，毋寧說為了順他的心，我埋頭在圖書館裏兩個月，一九六六年八月十九，我們學校歷史研究所放榜。我榜列第一。

放榜這一天，我同時接到了錄取通知單，捧着一張大學畢業的紀念照，去找六如。意外的是——六如又出去了。

我把這兩件東西投入信箱，頹然回到宿舍，伏在床上，傷心地哭了。

這一夜，我輾轉難眠。我愛六如，但我不了解他。在讀者的心目中，好像世界上不曾有他這樣不爲情牽的人。因此，他這個人，成了情感上的負數；成爲一個只會施而不屑受的高僧。

啊，六如！別把我當一個可憐的弱女來布施你的恩情，布施你冷藏的愛；你是施者，你可有福了。但是——你是否想到，當一個女孩接受你的布施而無從自你的眸子裏認出那難以理解的「愛」之時，那個女孩，是寧願去落魄天涯，也不願去偸生於被施的世界！

六如！六如！我已看透你掙扎的靈魂。你不爲情牽麼？

……

第二晨醒來，我已準備迎接一次高一音階的知識探討。把一切暫時放下。梳洗完了，跨出宿舍大門，在信件欄裏，發現有我一封「懸掛紅燈」的限時專送函件，我脆弱的心，又一驚。不知又是什麼不祥之兆，要君臨我了。

我接下那沉重如千鈞的——那熟悉的人，投給我的情感炸彈，再度回到床邊，我準備着哭泣。我擁着被抽出這封信——

「家瀅：

「想了很久，我落筆寫這封信。

「家瀅，我又有一次遠行了。何年何月歸來，我依然無法決定。

「人生聚少離多。情長紙短。千言萬語難盡今日之尺素。

「家瀅：你心我知，我心你知。世間任何事，豈能飛過人類的眼睛？但是，卽使結婚，生兒育女，死同巢穴，又將如何？何況我天生是個孤獨的人，不適宜作丈夫，亦不適合作父親。但在情感之前，我依然不是哲人。

「家瀅：世間沒有所謂『恩惠』；人與人間是周流輪轉的眷屬，我接受別人的；我再持以轉贈別人。今天，我奉獻給你，明天，你將以另一種方式，奉給別人。歷史，是永不倒流的祭典，你研究歷史，歷史豈是有情？

「家瀅，三年來，如果我們之間還有點什麼，那便是我無意識地喜愛你，我曾經一度，爲你跌入凡情！

「家瀅：我已經把臺北的事，結束停當。明天（八月二十日）上午九點，乘日航班機去港，再轉赴海外；去行脚另一段人生旅程。

「那兩橱書，就算是我的『遺產』，讓你來繼承。在人間，請你權充我的女兒，家瀅。小譚手裏還有一件東西，他會很快地交給你。

「當你看到這封信時，也許我已在白雲深處了……。」

看完信，我來不及嚎啕一哭，門外又有人叫：「有人找伍家瀅」。我抹掉殘淚，到宿舍門口，是小譚，默無一言，給我一個小皮夾。

「伯伯走了嗎？」

「剛接到他的信和郵包，我們馬上去機場，也許還能看到他最後一面！」

不待言說，我們相偕跑出校園，攔一輛車子，直放松山機場。

機場大廈的時鐘九點尚差十分，檢查室的旅客已完全進入停機坪。

我和小譚沒有派司進機場，急得只有掉轉頭上二樓的看臺，停機坪上，機務人員已經離開了飛機，飛機已升火待發；扶梯上，尚餘一個白衣修女、一個黃衣和尚，幾個婦女與小孩的背影。

我向那巨形大鳥揮着我一雙無力的手，咬着我一腹嗚咽，忍着我滿眼生離死別的淚。我不知道，六如是否已看見我們，看臺上的人很多，飛機的馬達開始發出轟然的巨鳴。小譚脫下校服，縛在手上舞動，「伯伯啊——」他發出肺腑裏的呼喚，這種送別式，眞令人爲之心碎。

我們擠在一起，飛機滑出機坪，衝到迴旋式的跑道頂端。看臺上，走得只賸我和小譚兩個人。飛機帶着它底乘客浮離地面，向北方天空升騰。然後向西，鑽入雲層。

我和小譚走下看臺，出了機場，沒有回校。到中山北路轉車去北安街。

門，是小譚的鑰匙開的。

我走上二樓，人去樓空。書橱以及傢俱依然在。

走進六如的臥室，臥室裏窗明几淨；彷彿一間等候招租的新屋。

哦——他忘了，牆上那張方外人的照片，沒有取走。而且寫字臺上西華蘸水筆也躺在貯水池邊。桌上的書都在。白紙簿上我寫的「Life is education・Knowledge is power」，那兩句初中便讀過的西諺，沒有了。代替它的，是兩首中國詩。

㈠

相憐病骨輕於蝶，
夢入羅浮萬里雲；
贈爾多情書一卷，
他年重檢石榴裙！

㈡

九年面壁成空相，
指錫歸來悔悟卿；

我本負人今已矣，
任他人作樂中箏！

右錄曼殊本事，偕書併照，以奉家瀅。別矣！

我撕下六如錄的詩，跌在沙發的一角，我沒有哭，彷彿我爸媽罹難時那種空寂、絕望。我捧起六如的僧衣照片，那分明是一層濛濛的霧，茫茫的光。一雙大眼，躲藏在無邊的涕泣之谷。我又哭了。……

三民文庫已刊行書目（三）

71. 藝術與愛情	張秀亞著	小說
72. 沒條理的人①②	譚振球譯	哲學
73. 中國文化叢談①②	錢穆著	文化論集
74. 紅紗燈	琦君著	散文
75. 青年的心聲	彭歌著	散文
76. 海濱	華羽著	小說
77. 傻門春秋	幼柏著	散文
78. 春到南天	葉曼著	散文
79. 默默遙情	趙滋蕃著	短篇小說
80. 屐痕心影	曾虛白著	散文
81. 一樹紫花	葉蘋著	散文
82. 水晶夜	陳慧劍著	散文小說
83. 胡巡官的一天	金戈著	小說
84. 取者和予者	彭歌著	散文
85. 禪與老莊	吳怡著	哲學
86. 再見！秋水！	畢璞著	小說
87. 迦陵談詩①②	葉嘉瑩著	文學
88. 現代詩的欣賞①②	周伯乃著	文學
89. 兩張漫畫的啓示	耕心著	散文
90. 語小集	蕭冰著	散文
91. 社會調查與社會工作	龍冠海著	社會學
92. 勝利與還都	易君左著	回憶錄
93. 文學與藝術	趙滋蕃著	散文
94. 暢銷書	彭歌著	散文
95. 三國人物與故事	倪世槐著	歷史故事
96. 籠中讀秒	姚葳著	散文
97. 思想方法	秀河著	時評
98. 腓力浦的孩子	武陵溪著	傳記
99. 從香檳來的①②	彭歌著	小說
100. 從根救起	陳立夫著	論述
101. 文學欣賞的新途徑	李辰冬著	文學
102. 象形文字	陳冠學編著	文字學
103. 六甲之冬	沙岡著	小說
104. 歐氛隨侍記	王長寶著	遊記
105. 西洋美術史	徐代德譯	藝術

三民文庫已刊行書目（二）

36. 實用書簡	姜超嶽著	書信
37. 近代藝術革命	徐代德譯	藝術
38. 詩詞曲疊句欣賞研究	裴普賢著	文學
39. 夢與希望	鍾梅音著	散文
40. 夜讀雜記①②	何凡著	散文
41. 寒花墜露	繆天華著	小品文
42. 中國歷代故事詩①②	邱燮友著	文學
43. 孟武隨筆	薩孟武著	散文
44. 西遊記與中國古代政治	薩孟武著	歷史論述
45. 應用書簡	姜超嶽著	書信
46. 談文論藝	趙滋蕃著	散文
47. 書中滋味	彭歌著	散文
48. 人間小品	趙滋蕃著	散文
49. 天國的夜市	余光中著	新詩
50. 大湖的兒女	易君左著	回憶錄
51. 黃霧	朱桂著	散文
52. 中國文化與中國法系	陳顧遠著	法制史
53. 火燒趙家樓	易君左著	回憶錄
54. 抛磚記	水晶著	散文
55. 風樓隨筆	鍾梅音著	散文
56. 那飄去的雲	張秀亞著	小說
57. 七月裡的新年	蕭綠石著	散文
58. 監察制度新發展	陶百川著	政論
59. 雪國	喬遷譯	小說
60. 我在利比亞	王琰如著	遊記
61. 綠色的年代	蕭綠石著	散文
62. 秀俠散文	祝秀俠著	散文
63. 雪地獵熊	段彩華著	小說
64. 弘一大師傳①②③	陳慧劍著	傳記
65. 留俄回憶錄	王覺源著	回憶錄
66. 愛晚亭	謝冰瑩著	小品文
67. 墨趣集	孫如陵著	散文
68. 蘆溝橋號角	易君左著	回憶錄
69. 遊記六篇	左舜生著	遊記
70. 世變建言	曾虛白著	時事論述